칼 같은 글쓰기

L'Écriture comme un couteau

by Annie Ernaux

Copyright © Editions Stock, 2003
Korean Translation Copyright © MUNHAKDONGNE Publishing Corp., 2005

This Korean edition is published by arrangement with Editions Stock
through Sibylle Books Literary Agency.
All Rights Reserved.

이 책의 한국어판 저작권은 시빌 에이전시를 통해
Editions Stock과 독점 계약한 (주)문학동네에 있습니다.
저작권법에 의해 한국 내에서 보호를 받는 저작물이므로
무단 전재 및 무단 복제를 금합니다.

이 도서의 국립중앙도서관 출판시도서목록(CIP)은
e-CIP 홈페이지(http://www.nl.go.kr/cip.php)에서 이용하실 수 있습니다.
(CIP제어번호: CIP2005002002)

칼 같은 글쓰기

아니 에르노 지음 | 최애영 옮김
Annie Ernaux

문학동네

대척점, 더 정확히 말해 정반대의 극(極)은 자주 우리의 관심을 불러일으킨다. 그렇기에 우리는 세상과 우리네 삶에서 어떤 의미를 찾을 때, 우리와 유사한 것보다는 다른 것을 선호하는 것이다. 체념한 채 타인의 모습에 비친 자기 자신의 반영 외에는 아무것도 찾지 않고, 타인과 나를 동일시하면서만 살고 일할 수는 없기 때문이다. 사실 하나의 공통된 세계를 이해할 때 더 많은 것을 배우는 것은, 벼랑 끝에서 포기 직전까지 어렵사리 자신의 연구를 밀고 갈 때보다 남들이 벌인 탐구를 관찰할 때가 아니던가. 독서가 우리에게 자양분을 제공하는 것은 이런 점에서이다. 독서는 고통을 주는 굴곡 많은 글쓰기

과정에서 우리를 구해주고, 계속 나아갈 힘을 실어준다. 실제로 몽테뉴, 샤토브리앙, 루소, 혹은 레리스의 저작들에서 우리는 끊임없이 존재를 해독하고 해명하려 시도하고 전 존재가 걸린 문제의 답을 찾기 위해, 스스로 질문하고 답하는 태도를 배운다. 그리고 그들의 예를 따라 그러한 탐구를 아주 깊은 수준까지 밀고 가며 극도로 심각한 위험에 직면하게 되고, 또 그런 위험을 무릅쓸 각오까지 하게 된다.

이렇듯, 내가 이십여 년 동안 아니 에르노의 엄격하고 대담한 글쓰기의 궤적을 열렬히 흠모해온 것은, 언뜻 보면 그 형태에서 그녀의 글쓰기가 나의 미궁과도 같은 기나긴 작업의 대척점에 서 있기 때문이다. 그녀의 글쓰기는 거짓말을 하지 않는다. 그녀는 실존의 고통과 즐거움과 복잡함을 적나라하게, 뼛속까지 파헤치는 데 주저하지 않는다. 그렇다고 나의 작업이 내 과거에 대한 어떤 진실을 찾고자 노력하지 않는다는 것은 아니다. 내가 감탄하는 것은, 그녀가 극도로 조밀하게 구성된 책 속에서 필연적으로 복합적이고 풍부할 수밖에 없는, 느낌과 생각과 감정이 혼합된 어떤 덩어리로부터 마침내 그 본질을 추출해내기 때문이다. 표면적으로 그녀의 책은 투명해

보인다. 그러나 그 속에는 과정의 어려움과 해독의 난맥이 조금도 생략되지 않은 채, 이야기의 흐름 자체 속에서 환기되고 은연중에 현재(現在)하고 있다. 나는 은유 없는, '효과'를 추구하지 않는 그녀의 문장을 좋아한다. 그녀의 문장들은 서로 부딪치는 부싯돌의 날카로움으로 살아 있는 살점을 생으로 도려내고 살갖을 벗겨낸다. 내 마음을 사로잡는 것은 최근 들어 위와 같은 그녀의 성향이 한층 두드러지고 있다는 사실이다. 그녀의 탐험은 점점 더 대담해지고 곤충학자의 연구처럼 정밀성까지 띠게 됨으로써, 말해질 수 있는 것과 말하거나 말하지 않는 것의 경계로까지 나아가고 있다.

일삼아 책을 읽는 몇몇 독자들이 보이는 거북함과 몰이해라는 거부반응은 요즘 그녀와, 육체와 영혼을 포괄하는 존재 전체에 대한 그녀의 탐험을 조롱하고 있다. 그러나 그들이 보내는 조롱이 문학적 분석에 근거하는 게 아니라, 더 모호하고 정치적인 동기, 여성 혐오에 의해 촉발되었거나 보수주의적인 동기에 연유하고 있다는 점은 의심할 여지가 없다. 내게 이것은 '익히 알고 있는 경험 영역'과 어떤 접촉도 겪지 않은 — 얼마 전까지만 해도 홍콩 국경지역 사람들 사이에 '북쪽

영토'로 통하던, 전혀 다른 세상이었던 중국처럼—, 아직 탐험되지 않은 다른 영역 사이의 경계, 침투 불가능하거나 그렇다고 여겨지는 요지부동한 경계에 대해 모든 위반이 자극하는 다양한 저항의 전형적인 증상처럼 보인다. 그래서 나는 아니 에르노로 하여금 그렇게 행동하도록, 그와 같은 작가적 입장을 취하도록 이끈 상황의 깊은 내적 동기를 듣고 싶었다. 나 역시 오래전부터 그녀처럼 개 짖는 소리에 무심한 사막 대상(隊商)과도 같은 습관을, 정해진 항로를 수정하지도 이탈하지도 않는 돛대 담당 선원과도 같은 습관을 갖고 있기 때문이다. 나는 극점을 향해 꾸준히 나아가야 한다는 것을, 쥘 베른의 아트라스 선장처럼 남들이 뭐라 하든 우회하지 않고 계속 나아가야 한다는 것을 잘 알고 있다. 나는 안일해지지 않는 것만이 유일한 방법이라고 생각한다. 사람들이 우리에게 물려주고 가르쳐준 것을 모방하기보다는, 반대로 그것을 넘어서서, 사람들이 마음에 품지 말라고 설득했던 것을 마침내 실현해내고, 그리하여 어떤 돌파구를 찾을 것을 스스로에게 의무로 부과하는 것만이 유일한 방법이라고 생각한다. 그러나 무엇을 향한 돌파구인가? 과연 누가 그것을 알아주기나 할까? 아마도 진실을 향한 것이리라. 바로 우리의 진실 말이다.

나는 '비주류'라 불리는 다른 장르들이 그러하듯, 대화란 검토되는 작품 속에 종종 암묵적으로 남아 있는 것을 외적 권유의 영향 아래 드러내고, 그리하여 그 속에서 몇 개의 새로운 창문을 열기에 적합한 것이 아닐까 생각해왔다. 최선의 경우, 이러한 양식은 작품이 제시하지 않는 작은 오솔길로 우리를 이끌 수도 있다. 이러한 관점에서 이 계획은 꽤 오래전에 세워졌고, 아니 에르노는 엄격하면서도 친근한 태도로 기꺼이 내 제안에 응해주었다. 그러므로 이것은 대화, 그러나 단수(單數)형의 대화이다. 한 해 동안 우리 둘 사이에 오간 대화의 여러 단계가 오직 한 사람이 대화체로 문제를 제기하는 형태로만 이어졌기 때문이다. 그리고 이 대화는 우리의 대립된 입장과 각자 살고 있는 대륙 사이의 거리만큼이나 전적으로 멀리 떨어진 상태에서, 이메일 본래의 리듬에 따라 이루어졌다.

2002년 6월 28일

프레데리크 이브 자네(F. -Y. J.)

　육 년 전부터, 미국에 살고 있는 프레데리크 이브 자네와 나는 시간적인 간격은 좀 뜸하지만 꾸준히 서신 교환을 해오고 있다. 1997년에 출판된 그의 책 『회오리 *Cyclone*』에서, 나는 어떤 탐구에 전적으로 자신을 바치는 한 작가의 모습을 보았다. 언제나 생생한 상처라는 그 탐구 대상은 끊임없이 나타났다가 사라지기를 거듭하고 있었는데, 그에 따라 같은 모티프, 같은 장소, 같은 장면이 반복적으로 등장하고 혼합되면서 찬란한 동시에 애끓는 한 곡의 심포니를 이루고 있었으며, 그 흐름을 타고 글쓰기의 아름다움이 유감없이 발휘되고 있었다. 그리고 그 뒤에 나온 책들, 『동정심 *Charité*』과 좀더 최근에 나온 『천연의 빛 *La Lumière naturelle*』에서 그는 그 타협 없는 독특한 시도의 부단한 연속을 보여주었다. 지난해의 일이었다. 잠시 프랑스에 들어온 프레데리크 이브 자네가 글쓰기와 관련된 문제와 내 책들에 관해 이메일로 대담을 나눌 생각이 없는지 물어왔다. 기한을 정하거나 어떤 궁극적인 목적을 명시하지 않고 아주 자유롭게 서신을 교환하자는 것이었다. 속박의 부재, 결과의 불확실성 그 자체, 전적으로 글로만 이루어지는 교환 형태, 이러한 조건들이 내 마음을 움직였다. 무엇보다 글쓰기를 체험하는 프레데리크 이브 자네의 방법으로 미루어, 그가 자신의 탐구 속에 스스로를 매우 깊이 '연루시키는 사람' 일 거라는 사실을 짐작할 수 있었다. 우리 두 사람 각자가 벌이는 문학적 시도의 방법에 내재하는 차이점들에 이르기까지, 모든 것이 내게는 다행스러운 무엇으로, 그러니까 일종의 보증으로 보였다. 즉, 관점상의 거리와 차이로 인해 내 방식을 그에게 명확히 이해시키는 데 내가 더없이 자유로운 한편 큰 의무감을 느끼리라고 생각한 것이다.

약 일 년 동안, 특별한 규칙 없이, 프레데리크 이브 자네는 숙고 끝에 도출된 개인적 견해와 질문을 아우른 이메일을 보내왔다. 내가 곧바로 대답하는 일은 매우 드물었다. 겉으로 보이는 질문과 쓰고 있다고 생각하는 내용 사이에는 어떤 불안한, 말하자면 위험한 공간이 펼쳐진다. 구두로 대화를 나눌 경우 우리는 다소 자연스럽고 민첩하게 그 괴리를 무시하면서 넘어가려고 노력한다. 그 대화가 아주 느리게 진행될 때조차 말이다. 그리고 이것은 일상적으로 흔히 일어나는 일이다. 그러나 이렇게 서신을 교환하는 상황에서 나는 그 공간을 마음대로 제어할 시간을, 다시 말해 글을 쓰는 동안 생각하고 찾고 체험하게 되지만 글을 쓰지 않을 때는 존재하지 않는 것을 공백으로부터 솟아오르게 할 시간적 여유를 가질 수 있었다. 일단 어느 정도 확실한 무언가를 포착했다는 느낌을 받으면, 나 자신에게 스스로 부과한 유희의 규칙에 따라 미리 준비한 메모 없이 최소한으로만 수정하며 컴퓨터로 직접 대답을 적어나갔다.

대화가 이어지는 동안 내가 유일하게 걱정한 것은 성실함과 정확성을 지킬 수 있을까 하는 것이었고, 후자가 전자보다 더 지키기 어렵다는 사실을 알게 되었다. 무려 삼십 년 전에 시작된 글쓰기라는 행위를 몇 가지 원칙으로 축소시키거나 단일화하지 않고 설명하기란 쉽지 않다. 그 실천에 내포된 불가피한 모순들을 감지하도록 내버려두고, 대개의 시간에는 의식을 비껴가는 것에 대해 새삼 구체적인 세부사항들을 제공하기란 쉽지 않다. 내가 쓴 책들을 구성하는 문장들을 하나로 묶는 것, 그 책들에서 단어를 선택하는 것은 내가 간절히 원하는 일이긴 하지만, 나 자신의 능력을 벗어나므로 다른 사람에게 가르쳐줄 수도 없는 일이다. 그러나 나의 텍스트들이 겨냥하는 바를 지적해주고, 내가 글을 쓰는 '이유'가 무엇인지 알려주는 것은 내가 할 수 있는 일인 듯하다. 그런 것들이 상상계에 속한다고 해서 그것들이 글쓰기의 형태 자체에 실제로 작용한다는 사실에 어떤 변화가 생기는 것은 아니다. 나는 단지 내 인생의 많은 부분을 차지하는 것에 대해 개인적이고 일시적이며, 분명히 다른 사람들에 의해 재검토되고 수정될 수 있는 몇몇 진실을 표현하는 데 성공했기를 바랄 따름이다.

나는 호기심을 갖고 즐겁게, 때로는 불확실함 속에서, 프레데리크 이브 자네가 집요하고도 섬세하게 차례차례 열어준 여러 갈래의 길을 통과해왔다. 그렇다고 내가 이 대화를 시작하면서 소망했던 것처럼 정말 '다른 곳'으로 갔는가? 물론 아니다. 오직 한 권의 책으로 귀착될 단어들을 캐내기 위해 삶과 세상에 속하는 어떤 현실 속으로—아마도 애정을 갖고—난

간 없는 비탈길을 내려가는 것만이 그 일을 가능하게 하는 힘을 갖는다. 여기서 나는 글쓰기에 대해 썼고, 이 안에 세상이 들어 있지는 않다. 하나의 글쓰기 체험을 제시해 보여주는 것은 요컨대 불가능한 일이다. 그것에 대해 이야기하는 것에는 비실제적인 무엇인가가 존재하며, 그것은 아마 다른 방법으로 드러날 것이다. 예를 들어, 지금 또다시 표면 위로 막 떠오른 어떤 추억의 이 지워지지 않는 이미지 속에서 말이다.

전쟁이 끝난 직후의 릴본. 나는 네 살 반쯤 됐다. 태어나서 처음으로 내 부모와 함께 무대 공연을 구경하고 있다. 야외 공연인데, 아마 미군 캠프 안인 듯싶다. 사람들이 무대 위로 커다란 상자를 가져온다. 그러고는 그 속에 한 여자를 꽁꽁 가두어버린다. 남자 몇 명이 여러 개의 긴 칼을 상자 여기저기에 찔러 관통시키기 시작한다. 그 작업은 한없이 계속된다. 어린 시절 그 공포의 시간은 끝이 없다. 생각해보면 결국 그 여자는 아무런 상처도 입지 않고 무사히 상자에서 다시 나오는데도.

2002년 7월 8일

아니 에르노(A. E.)

차례

시작하면서

F. -Y. J. 당신이 글쓰는 방식과 상황은 작품으로 귀착되어 당신 작품세계의 바탕을 이루고 있습니다. 나는 당신 글쓰기의 바로 그러한 면들에 대해 탐험해볼 것을 제안합니다.

A. E. 대화를 시작하기에 앞서, 내가 쓴 책들과 내 글쓰기 경험에 대한, 다시 말해 내가 글쓰기와 맺고 있는 관계에 대한 우리의 토론이 내포하는 위험과 한계를 먼저 지적하고 싶습니다. 어쨌든 나는 진실과 정확성을 잃지 않으려는 자세로 이 일에 임할 겁니다. 먼저 내가 '작품'이라는 단어를 사용한 적이 없다는 사실에 주목해주세요. 나와 관련해서, 그것은 내가

생각하는 단어도, 내가 쓰는 단어도 아닙니다. 그것은 '작가'라는 단어와 마찬가지로 다른 사람들에게나 통용될 단어이지요. 그것은 모든 것이 종료되었을 때, 사망자 약력에나 나올, 어쨌든 문학 교재에나 등장할 법한 말입니다. 닫힌 단어라고나 할까요. 나는 '글쓰기' '책 쓰기' 같은 단어들을 선호합니다. 진행중인 활동을 환기시키기 때문이죠.

그러니까 이 위험과 한계는 우리가 자신에 대한 모든 회고성 담론 속에서 만나게 되는 것들과 거의 동일합니다. 내게 하나의 텍스트는 생각과 욕망의 미끄러짐과 겹치기를 통해서 조직되는 무엇입니다. 내가 글을 쓰던 순간에는 모호하고 형태가 뚜렷하지 않던 것을 차후에 해명하고 그 맥락을 잇기를 원한다면, 바로 그러한 미끄러짐과 겹침을 설명하지 못하도록, 그리고 그 텍스트를 정성들여 조탁하는 과정에 투여되는 삶의 작용, 즉 현재의 작용을 무시하도록 내게 강요하는 셈이 될 겁니다. 글쓰기에 대하여 회상하고자 할 때면, 아무리 최근에 쓴 글일지라도 기억은 생의 다른 어떤 사건을 더듬을 때보다 훨씬 더 아련하게만 느껴집니다. 결국 난 이렇게 설명하려는 시도가 갖는 진지함과 중요성에 쇠진하고 짓눌리게 될지도 모르겠어요. 이것은 20세기에 나타난 현상이지요. 그전에는 자기 작업에 대해 스스로 해명하려 하지 않았으니까요(아니, 잊고 있었군요. 19세기에 플로베르가 있었어요. 모든 고통이 그 이후에 온 것 같아요!). 어쩌면 난 단지 카페와 구멍가게 사이 구석에 끼인 부엌 계단 어디쯤엔가 앉아서, 잡지 『유행의 메아리 *L'Echo de la mode*』의 연재소설을 읽고 있거나 상상 속 여자친구에게 편지를 쓰고 있는 한 어린 계집아이를 추억하고 싶어하는 건지도 모르겠군요. 그리고 이렇게 말하고 싶어하는지도 모르겠어요. 아마 그렇게 시작되었던 것 같아, 하고 말이죠. 보세요, 벌써 내가 신화 속에 들어가 있잖아요. 글을 쓰도록 예정된 운명의 신화 말이에요……

F. -Y. J. 당신이 이런 대화를 시도하는 것에 대해 주저하는 것은 충분히 이해할 수 있습니다. 여기서는 쟁점이 글쓰기에서 나타나는 것과는 다를 수밖에 없으니까요. 실제로 이런 유의 작업은 최근에 나타난 것인데, 더 오래된 예가 없는 것도 아닙니다. 괴테와의 대화나 쥘 베른과의 대화가 바로 그것이죠. 어쨌든 이런 작업은 글쓰기에서 밟아온 여정에 대한 선험

적 해명으로서뿐만이 아니라, 내면일기나 서신 교환의 경우처럼 고유한 의미에서의 '문학적' 글쓰기 탐험과 병행하는 어떤 탐험으로서 간주될 수도 있지 않을까요. 위험 부담을 안고 있는 것은 분명 사실이지만, 대화의 틀 속에서, 누군가의 권고 앞에서, 작품이 말하지 않거나 완전히 다르게 표현하고 있는 것을 말할 수 있게 하는 그런 탐험 말입니다. 그러니 동의하신다면, 어떤 다른 곳을 탐험하도록 당신을 점진적으로 이끌어 가보겠습니다.

A. E.   내 글 쓰는 방식에 대해, 내 책들에 대해 말할 때 내가 두려워하는 것은 당신에게 말했던 바로 그 선험적 합리화입니다. 어떤 길을 다 간 다음에 그 길을 떠올려 그려보는 것과 같은 것이지요. 하지만 당신이 암시한 대로 우리의 대화가 나를 다른 곳으로 데려가줄 수만 있다면, 거절할 이유가 없겠죠. 떠날 마음의 채비가 되었어요.

■ ■ ■ ■

F. -Y. J.   첫 탐험으로서, 우선 가장 자의(字義)적 의미에서

의 그 '다른 곳'으로 침투해 들어가겠습니다. 당신이 한 많은 여행이 당신 책들에 언급되는 일은 종종 있지만, 묘사되는 경우는 거의 없습니다. 그러니까 정보의 차원, 즉 맥락의 차원을 제외하면 그 여행들이 글쓰기에 거의 흔적을 남기지 않는다고 할 수 있지요. 글쓰기와 관련해서 여행이 당신에게 의미하는 것은 무엇입니까? 당신은 오직 책상 앞에서만 혹은 컴퓨터 앞에서만 스스로를 작가로 생각하는 것은 아닙니까?

A. E.　십오 년 전부터, 내 책들 때문에 유럽, 아시아, 중동, 북미 등의 꽤 많은 나라로 여행할 기회가 있었어요. 여행을 떠나 세계를 보는 것은 내 어린 시절의 커다란 꿈이었고, 그 꿈이 이렇게 실현된 셈이죠. 런던으로 여행을 떠났을 때를 제외하면, 난 열아홉 살까지 노르망디를 한 번도 떠나본 적이 없었답니다. 처음으로 파리에 간 게 스물한 살 때였으니까요. 하지만 외국의 호텔 방에 묵고 있을 때, 종종 나는 나 자신이 거기 있는 것에, 그리고 내가 더 행복하다고 느끼지 않는 것에 놀라곤 합니다. 마치 내가 어떤 영화 속에 엑스트라로 출연하고 있는 것만 같아요. 한국 영화, 일본 영화, 이집트 영화 같은 영화들에 말이에요…… 여행하는 동안에는 사물이 강렬하게 느

꺼지지 않아요. 공식적이라 할 수 있는 그런 여행의 조건들은 대체로 인위적이죠. 말하자면 그 노정은 분명한 이정표에 의해 예정되어 있습니다. 그런 경우, 나는 진정으로 그 나라 안으로 잠입하지 못합니다. 내가 아이였을 때 꿈꾸던 것은 모험 같은 여행이었어요. 그런데 그런 여행에는 모험이 있을 수가 없지요. 또한 사물을 진실로 경험하기 위해서는 그것을 다시 경험해야 할 필요를 느껴요. 베네치아는 열두 번이나 갔던 곳인데, 그 도시는 수많은 페이지를 쓰고 또 쓰도록 나를 부추긴답니다. 물론 내 내면일기에만 적는 글이지만요. 뇌리에 새겨진 인상들, 만남들, 내가 본 사물들을 기록하는 곳은 언제나 일기장입니다. 여행중에는 집필중인 책을 결코 염두에 두지 않습니다. 그럴 시간도 없을뿐더러, 그러고 싶어도 그럴 수 없을 거예요. 내 여행을 정당화하는 모든 활동―학생들, 문인들 혹은 저널리스트들과의 만남―은 나로 하여금 자신을 집중시키지 못한 채 세계의 표면만을 살게 하지요. 그것이 불쾌하지는 않아요. 그런 상황이 내게 어원적인 의미에서 훌륭한 바캉스를, 그러니까 텅 빔의 기간을 만들어주거든요. 하지만 그런 상태를 오래 견디지는 못해요. 그런 식으로는 일 주일을 넘기지 못하지요. 특히 어떤 텍스트를 도중에 걸쳐놓고 있을 때는 더욱 그렇답니다. 그 경우에는 바깥 세상이 바로 감옥이죠. 그리고 자유는 나 자신을 가두는 서재에 있고요. 나 자신을 작가로서 느끼는 곳이 아니라, 내가 진정으로 존재하는 곳, 그저 글을 쓰는, 글을 써야 하는 누군가로서 내가 존재하는 곳이 바로 그곳입니다. 그런 차원에서는 내게 문제될 게 아무것도 없지요.

내게 있는 두 가지 형태의 글쓰기

F. -Y. J. 이제는 좀더 나아가서, 글쓰기라는 행위의 가두리에 존재하는 몇몇 여백에 관해 탐구해보겠습니다. 우선 이미 완성된 작품세계를 살펴보기로 하죠. 사람들이 당신의 작품세계를 지금까지 전개되어온 양상 그대로 연구하기 위해 뚜렷이 구분되는 세 '분야'로 나눈다면 동의하겠습니까? 즉 소설(이들의 상당수가 자전적 성격을 띠고 있습니다), '자전적 이야기'(여기서 따옴표는 대략적인 분류 작업임을 가리킵니다) 그리고 내면일기(현재 네 권이 출판되어 있죠), 이렇게 말입니다. 글을 쓰면서 이들 사이에, 이 단계에서 저 단계로의 전이나 교체 혹은 동시성이 존재함을 느낀 적이 있습니까?

A. E. 나는 각기 다른 내 텍스트들 속에 늘 같은 구멍을 파 들어가고 있다고 느낍니다. 하지만 내가 여러 형태의 글쓰기 방식을 구사하고 있다는 사실은 인정해요. 먼저 허구(fiction) 가 있어요. 맨 먼저 발표된 세 권의 책은 출간 당시에 당연하 다는 듯 '소설'이라는 꼬리표를 달았죠. 『빈 장롱』 『그들이 말 하는 것, 혹은 아무것도 아닌 것』 그리고 『얼어붙은 여자』가 그렇지요.[1] 그 다음으로 『아버지의 자리』와 함께 다른 형태가 나타나는데, 이것은 '자전적 이야기'라고 간주될 수 있을 것 같군요. 여기서는 사건들에 대한 모든 허구화 작업이 배제되 고, 내 기억이 틀리지 않다면, 그 사건들이 아주 사소한 세부 사항에 이르기까지 모두 사실 그대로 재현되고 있기 때문입 니다. 결국 텍스트의 '나'라는 주어와 책 표지에 적힌 이름이 같은 사람을 가리키는 셈이죠. 간단히 말해서, 이런 이야기 속 에서는 어떤 경찰 수사나 전기(傳記)상의 검증—이 둘은 종 종 같은 것을 의미해요!—을 통해 확인될 수 있는 사항이 모 두 정확히 드러납니다. 하지만 '자전적 이야기'라는 이 용어 는 내게 그리 만족스러운 것이 아닙니다. 충분하지 않기 때문 이지요. 그것이 분명 근본적인 하나의 양상을 부각시키는 용

어이긴 합니다. 글쓰기와 독서에서 소설가의 입장과는 철저히 대립되는 어떤 입장을 말입니다. 그런데 그것이 텍스트가 겨냥하는 것, 즉 텍스트의 구성 작업에 대해서 말해주는 것은 아무것도 없습니다. 더욱 심각한 것은, 그 용어가 텍스트를 하나의 이미지로 축소시켜버린다는 것이지요. 즉 '작가가 자기 자신에 대해 말하고 있다'는 것이지요. 그런데 『아버지의 자리』 『어떤 여자』 『부끄러움』, 그리고 부분적으로 『사건』은 자전적이기보다는 오히려 사회적-자전적 성격을 띠고 있어요. 그리고 『단순한 열정』과 『집착』에서 나는 나 개인의 입장을 떠나 좀더 일반적인 개인적 열정들을 분석하고 있습니다. 전반적으로, 이 제2기의 텍스트들은 무엇보다 '탐험'이었다고 말하고 싶어요. 여기서 관건은 '나'를 말하거나 '재발견하는 것'이 아니라, 문화나 조건이나 고통 등과 같이 더 방대한 어떤 리얼리티 속에서 '나'를 상실하는 것이거든요. 내 초기 소설의 형태와 비교할 때, 나는 어떤 엄청난, 따라서 당연히 경이로운 자유 앞에 선 느낌을 받습니다. 내가 허구를 거부함과 동시에 하나의 지평선이 사라지고, 형태상의 모든 가능성이 열리게 된 것이지요.

내겐 글을 쓰면서 따로 일기를 쓰는 습관이 있습니다. 무엇보다 그것이 나의 첫 글쓰기 방식이었기 때문입니다. 특별히 문학적으로 지향하는 바 없이 그저 내밀한 생각을 털어놓는, 말하자면 사는 데 도움을 주는 글쓰기였어요. 열여섯 살 때 처음으로 내면일기를 쓰기 시작했지요. 몹시 우울한 어느 저녁이었어요. 그때까지만 해도 내 인생을 글쓰기에 바치리라고는 특별히 예측한 적은 없었습니다. 처음에는 '잘 쓰기' 위해 열중했던 게 기억나는군요. 하지만 직설적인 성향이 아주 빨리 그 욕심을 꺾어버렸어요. 이미 쓴 글을 지우는 일도 없었고, 형식에 대한 근심이나 규칙성에 대한 의무감도 없었어요. 어쨌든 나는 자신을 위해, 나 자신을 은밀한 감정들로부터 해방시키기 위해 글을 썼고, 누군가에게 내 일기장을 보여줄 마음은 추호도 없었답니다. 이 충동적인 태도는, 다시 말해 미적 판단에 대한 무관심은, 그리고 타인의 시선에 대한 거부는(내 일기장은 언제나 깊숙한 곳에 꽁꽁 숨겨져 있었죠!) 내가 출판을 목적으로 글을 쓰기 시작했을 때도 여전히 나의 내면일기 쓰기 속에 간직되었죠. 난 내 그러한 태도가 여전하다고 믿어요. 말하자면 어떤 독자를 '미리 염두에 두는' 일에는 별로 관심이 없다는 뜻이죠.

나는 내가 쓰고 있는 책들과 내면일기 사이에 늘 큰 차이를 두었어요. 전자의 경우, 모든 것은 글쓰기가 진행됨에 따라 실현될 하나의 목적에 맞게 실행되고 결정됩니다. 그러나 후자의 경우는 시간이 이야기의 구조를 결정하고, 즉각적인 삶이 그 소재가 되지요. 따라서 이때의 글쓰기는 더 제한적이고, 덜 자유롭습니다. 하나의 리얼리티를 '구성하고 있다'는 느낌보다는, 단지 실존의 어떤 흔적을 남기고 있으며, 특별히 궁극적으로 겨냥하는 바도 기한도 없이 그저 순전히 거기-있음이라는 현상에 대해 무언가를 진술한다는 느낌이 더 강하지요. 그러나 진정으로 내밀한 일기와 명확한 목적을 담는 일기는 반드시 구분되어야 할 것입니다. 『밖에서 쓰는 일기』와 『외적인 삶』이 그 경우죠. 이 책들은 내면적 성찰과 개인적인 에피소드에 의도적으로 등을 돌리고 있고, 그 속에 '나'라는 주어는 드물게 등장합니다. 이 책들에서 완성되지 않은 구조, 단상, 그리고 틀로서 제공되는 연대기는 일기 형태의 특성을 보여 줍니다. 하지만 이 모든 것들은 하나의 선택과 의도에 따른 것이지요. 말하자면 도시적이며 집단적이고, 일상적인 현실의 사진을 찍고자 하는 것입니다.

조금 요약해보죠. 내겐 두 가지 형태의 글쓰기가 있습니다. 한편으로는 미리 계획된 텍스트들이 있고, 여기에는『밖에서 쓰는 일기』와『외적인 삶』도 포함됩니다. 다른 한편으로는 이와 병행하여 오래전부터 행해온 잡다한 형태의 일기 쓰기가 있는데, 1982년 이래로 나는 내면일기와는 별도로 '글쓰기 일기'를 쓰고 있습니다. 이것은 내가 글을 쓰는 과정에서 만나게 되는 문제와 의혹을 담는 일기로, 난 이것을 생략된 문장과 약자로, 이를테면 흘려쓰고 있습니다. 내 머릿속에서 이 두 형태의 글쓰기 방식은 조금은 '공적인' 것과 '사적인' 것, 문학과 삶, 총체와 미완 사이의 대립을 이루고 있다고 할 수 있습니다. 작용과 수동성의 대립이라고도 할 수 있겠고요. 아나이스 닌[2]은 일기에서 다음과 같이 적고 있어요. "나는 향유하고 싶을 뿐, 변형시키고 싶지는 않다." 내게는 내면일기가 향유의 장소이며 다른 텍스트들은 변형의 장소인 듯합니다. 난 향유하기보다는 변형시킬 필요를 더 느낍니다.

난 소설이라는 단어 안에
문학을 위치시키고 있었어요

F. -Y. J. 당신의 초기 소설 세 편은 일인칭 시점으로 씌어 졌습니다. 뒤이어 나온 소설들도 모두 그렇죠. 이 소설들이 발표되던 무렵, 화자의 목소리는 소설 속 여주인공의 목소리로 받아들여졌고 그렇게 이해되었습니다. 당신은 그러한 사실이 어디서 연유한다고 생각합니까? 그리고 그러한 관점에 동의하는지요? 당신이 진실을 변조했거나 가장했다고 느낍니까?

A. E. 하지만 내게도 그것들은 소설이었는걸요. 거기에는 어떤 의심도 있을 수 없어요! 어쨌든 처음 두 소설, 『빈 장롱』 『그들이 말하는 것, 혹은 아무것도 아닌 것』은 분명히 그래요.

『얼어붙은 여자』의 경우 전적으로 그렇지는 않지만. 의도상으로, 구조상으로 그것들은 분명 소설이에요. 두브로브스키[3]가 자신의 책들에 대해 즐겨 말하는 것처럼 '자전적 허구'라고 조차 할 수 없죠. 1972년에 『빈 장롱』을 쓰기 시작할 무렵, 나는 어느 정도 '가능한 것들의 공간'을 의식하고 나 자신에게 부여했는데, 그 속에서도 소설 외에는 어떤 것도 염두에 둘 수 없었습니다. 나는 바로 소설이라는 단어 속에 문학을 위치시키고 있었던 거예요. 당시 내게 문학을 가리키는 것은 오직 소설뿐이었고, 소설은 곧 현실의 변형을 암시하는 것이었습니다. 현실을 변형시킨다는 생각, 그러니까 '문학을 한다'는 생각은 내 관점에서 볼 때, 허구에 의해 제공되는 자기 방어의 가능성, 다시 말해 "이것은 모두 내가 지어낸 허구일 뿐"이라고 말함으로써 가면을 쓸 수 있는 가능성보다 훨씬 더 중요한 것이었습니다.

『빈 장롱』의 글쓰기는 하나의 소설 구성작업이었어요. 화자의 목소리는 자신의 대학 기숙사 방에서 낙태를 경험하고 있는 스무 살 처녀 드니즈 르쥐르의 것입니다. 어느 순간, 나는 '나'보다는 '그녀'라는 단어를 사용하고 싶었어요. 그래서 이 두 해결책 가운데 무엇을 선택해야 할지를 알기 위해 제비를 뽑았답니다. 내가 뽑은 것은 '나'였죠. 어쨌든 반대 결과가 나왔더라도 결국은 '나'로 돌아왔을 거라고 믿어요. 그러한 허구의 틀 속에서 나 자신이 겪은 사회적 상처와 관련된 과거를 의도적으로 떠올렸기 때문이에요. 난 구멍가게를 겸하는 카페 주인의 귀여운 딸이었고, 사립 초등학교에 다녔으며 고등교육을 받았죠. 그리고 지금도 내게 과거를 회상하게끔 하는 사건인 낙태 역시 경험했답니다. 난 내용 속에서는 현실을 변형시키지 않아요. 미화시키지도 않고요! 오히려 그 속으로 깊이 파고드는 편이죠. 그것도 아주 대담하게 말이에요. 게다가 어느 순간에는, 대학에서 내가 공부하는 제도화된 문학을 조롱거리로 만들어버리죠. 누군가 내시경을 통해 내 뱃속을 들여다보고 있던 바로 그 순간, 문학은 내게 아무것도 가르쳐주지 않았어요. 나는 '내시경을 통한 문학적 변형'을 포함하는 텍스트를 간절히 필요로 합니다…… 하지만 소설의 의도성 안에 자신을 위치시킨 만큼, 고유명사들을 수정하고, 예를 들어 내 친구 모네트처럼 실재하는 인물들을 모티프로 등장인물을 만들어내고 장소를 바꾸는 권리를 나 자신에게 주저 없이 부여했습니다.

『빈 장롱』은 비평가들에게는 소설로 읽히고 독자들에게는 자전적 소설처럼 읽힐 겁니다. 물론 나와 친분이 있는 사람들은 소설로 읽지 않았죠. 당시 나와 함께 살았던 내 어머니부터 시작해서 말입니다. 내가 어머니에게 가한 그 폭력 앞에서, 어머니는 아주 지혜롭게 그러나 또한 아주 순응적인 태도로 연기를 하셨어요. 모든 게 지어낸 허구인 양 행동하시더군요. 하지만 틀림없이 내 책 때문에 무척 괴로워하셨을 거예요. 때때로 나는 어머니가 내심 이렇게 말했을 거라고 상상한답니다. "결국 글을 쓴다는 것은 이런 것임에 틀림없어. 실제로 일어난 일을 말하면서, 그걸 소설이라고 부르지." 그리고 어머니는 문학에 대하여, 작가들을 향하여 무조건적으로 찬미함으로써 침묵했어요. 어머니는 내가 글을 쓰기를 바라셨답니다. 하지만 그게 이런 것이리라고는 상상도 하지 못하셨지요. 어머니가 좋아하는 사랑 ― 어머니 표현대로라면 '로맨스' ― 과는 아무런 상관도 없는 책, 하지만 현실과 우리의 생활, 즉 장사 그리고 어머니와 전적으로 관계된 책 말입니다.

그 다음에 출간된 책 『그들이 말하는 것, 혹은 아무것도 아닌 것』은, 이렇게 말하는 게 가능하다면, 더욱더 소설입니다. 화자의 목소리는 열다섯 살 소녀 안(Anne)의 것인데, 솔직히 내 이름과 화자의 이름이 비슷하다는 사실이 자전적 징표들을 투사해야 할 필요가 있었음을 보여주지요. 그리고 이 책의 구상이 훨씬 더 허구에 가깝다고 말할 수 있다면, 그것은 이 책의 밑그림이 앞의 것처럼 어떤 탐구의 궤적을 그리는 게 아니라, 어느 여름의 사건들을 추억하는 여로를 그리기 때문입니다. 내게 이것은 진정한 소설입니다. 왜냐하면 이 책을 쓰는 동안, 내가 고등학교 교사로서 청소년기 여학생들을 겪은 경험과 나 자신이 청소년기에 직접 겪은 일들을 결합시킴으로써, 하나의 이야기 안에서 내가 거의 비현실적으로 변해가고 나 자신이 이야기 속의 그 소녀로 (다시) 변해간다는 느낌을 받았기 때문이에요. 1976년 여름이었어요. 엄청나게 가물었던, 거의 초현실적이라 할 만한 여름이었지요. 모든 게 열기로 희뿌연 빛을 띠고 있었습니다.

『얼어붙은 여자』는 경우가 다릅니다. 경험에 비추어 볼 때, 이 책은 내게 전통적 의미의 허구를 포기하는 방향으로 나아가며 거친 과도기적 텍스트라고 할 수 있습니다. 『빈 장롱』에서처럼 이 책에서도 나의 경험과 관련된, 여기서는 여성의 역할과 관련된 리얼리티를 탐험하는 게 관건이었죠. 여기서 여성 화자인 '나'는 익명으로 처리되고 있습니다. 이로써 독자들은 그 목소리가 같은 여성인 작가의 것이라고 생각하도록 유도되죠. 게다가 여성으로서 걸어야 하는 삶의 편력을 회상하는 작업이, 글쓰기가 시작되는 바로 그 현재의 순간에 자전적인 방식으로 이루어지고 있어요. 이 책이 서점가에 나올 무렵, 내가 만난 사람들 가운데 아무도 이 책을 소설로 읽지 않았다는 사실을 알게 되었어요. 모두 자전적 이야기로 간주하더군요. 어떤 점에서도, 개인적인 차원에서든 '문학적인' 관점에서든, 그 현상에 나는 전혀 거북함을 느끼지 않았어요. 그 무렵, 그러니까 1981년에 아니, 이미 몇 년 전부터 나는 스스로에게 글쓰기라는 문제에 대해 많은 질문을 던지고 있었습니다. 그리고 문학과 소설, 문학과 실재의 변형을 더이상 혼동하지 않게 되었어요. 뿐만 아니라 문학을 정의하는 일도 그만두게 되었죠. 요즘도 나는 여전히 문학을 정의하려 하지 않습니다. 이젠 그게 무엇인지조차 모르겠어요.

F. -Y. J.　　당신의 첫 소설이 나온 순간부터 이미 사람들은 이십 년 후에 씌어질 『사건』의 주제 속으로 어렵지 않게 들어가고 있었습니다. 당신은 그 당시의 '나'와 오늘의 '나'가 본질적으로 다르다고 생각하는지요?

A. E.　　소설 『빈 장롱』의 '나'와 자서전인 『사건』의 '나'의 차이점을 말하자면…… 많이 망설여지는군요. 문제를 다른 각도에서 접근하기로 하지요. 『밖에서 쓰는 일기』와 『외적인 삶』에서 '나'는 아주 드물게 등장합니다. 그렇다고 다른 텍스트들과 비교해서 이 책들에 '진실'과 '리얼리티'가 결여되어 있는 것은 아니에요. 진실과 리얼리티의 정도를 결정짓는 것은 통틀어 글쓰기라고 해야 할 것이며, 허구적이든 자전적이든 '나'의 사용만이 그것을 좌우하는 것은 아닐 것입니다. 진실을 저버리고 있다는 인상을 주는 자전적 이야기는 꽤 많습니다. 정말 견디기 힘든 일이죠. 반대로 소설이라 불리면서도 진실에 가 닿은 텍스트들도 많습니다. 이렇게 볼 때, 지드가 소설에 관하여 자신의 일기에 적은 그 유명한 문장—"아마도 기억보다는 소설이 진실에 더 가까이 도달할 것이다"—은 순전히 의견에 불과하다고 하겠습니다. 그렇게 생각했지만 그

도 결국 수많은 자전적 작품들을 썼으니까요. 이 문장은 이러한 자전적 성격의 글에 대해 적대적인 모든 사람들이 도그마처럼 휘두르는 무기일 뿐이죠. 문학에 관한 판에 박은 관념과 선입관은 정말 지겹습니다. 일반적으로 그러한 생각을 내뱉는 사람들은 스스로 자신을 우월한 존재라고 믿고 거의 확신에 차서 심지어 그 생각을 강요하기까지 하니까요. 다른 분야에서 보면 이런 일은 정말 우스꽝스럽게 느껴질 거예요. 그렇다면 진실을 무엇이라고 정의 내릴 수 있을까요……? 내게 진실이란 단지 우리가 찾고 있지만 끊임없이 달아나버리는 것에 주어진 이름인 것 같아요.

다시 문제의 '나'에 대한 논의로 돌아와보지요. '그'나 '그녀'는 등장인물인 동시에 어떤 인물을 창조하는 반면, '나'는 무엇보다 하나의 목소리입니다. 목소리는 온갖 종류의 어조를 지닐 수 있지요. 격렬하기도 하고, 울부짖기도 하고, 빈정대기도 하고, 때로는 이야기꾼이 되고, (관능적인 텍스트에서는) 유혹하기도 하고…… 목소리는 자신의 존재를 강하게 주장하고, 어떤 광경 자체가 되기도 하며, 자신이 이야기하는 사실들 앞에서 사라지기도 하고, 여러 층위에서 작용하거나 오직 하나의 층위에만 머물러 있을 수도 있어요. 실제로 나는 『빈 장롱』과 『사건』 속에서 같은 목소리를 내지 않습니다. 앞서 말한 변화는 『아버지의 자리』에서 이루어졌어요. 목소리의 변화뿐만 아니라 글쓰기 행위 전반에 걸친 입장 변화가 바로 이 책에서 이루어졌죠.

칼 같은 글쓰기

F. -Y. J. 그 다음에 발표한 소설들에서 그 다른 '나'로의 전환은 자연스럽게 다가왔습니까? 아니면 어려운 작업이었던가요? 난 당신의 이 새로운 글쓰기의 특징을 '임상적'이라고 말하고 싶습니다. 어떤 사람들은 '백색의 글쓰기'라고 부르기도 하지요. 그리고 당신은 『아버지의 자리』에서 직접 '평평한 글쓰기'라고 명명한 바 있고요. 이렇게 다른 글쓰기를 추구하기 위해 더 '문학적'이라고 할 글쓰기—이것이 익숙한 문체이긴 하지만—를 포기하도록 당신을 부추긴 동기는 무엇이었습니까?

A. E. 형태, 목소리, 내용에 이르기까지 『아버지의 자리』의 모든 것은 고통에서 탄생했다고 생각합니다. 내 아버지에게서, 그러니까 노동자 신분에서 구멍가게를 겸하는 카페 주인이 된 그 아버지에게서 멀어지기 시작한 청소년기의 나에게 찾아온 고통 말입니다. 그것은 죄책감과 몰이해와 반항이 뒤섞인 이름 없는 고통이었습니다. 왜 아버지는 책을 읽지 않지? 왜 아버지는 소설 속에 나오는 말처럼 '투박하게'만 행동하지? 이처럼 우리에게는 어떤 수치스러운 고통, 누구에게도 고백할 수 없고 설명할 수도 없는 고통이 있어요. 그리고 또다른 고통이 있었습니다. 그것은 내가 아버지의 꿈이었던 사회적 신분 상승을 실현한 다음, 일 주일간 가족과 함께 지내려고 집으로 돌아왔을 때 아버지를 급작스럽게 잃게 된 고통이었죠. 그 무렵 나는 고등학교 교사가 되었어요. 다른 세상으로 넘어간 것이죠. 그 세상 사람들에게 우리는 '보잘것없는 사람들'이었죠. 그 우월감에서 오는 거만한 말투라니…… 난 내 아버지에 대해, 즉 소상인이 된 시골 농부의 삶의 궤적과 그의 삶의 방식에 대한 글을 써야 했어요. 그것도 그 고통에 대한 생생한 추억에 상응하는, 정당한 한 권의 책을 말이에요.

오 년 동안 나는 무척이나 망설이며 모색했습니다. 1977년에 백 페이지가량의 소설을 쓴 적이 있는데, 그 소설을 계속쓰고 싶지 않았어요. 그 소설을 쓰는 내내, 내가 위선을 떨고있다는 느낌을 강하게 받았기 때문이에요. 당시에는 글쓰기와 목소리의 어조가 이전에 발표한 책들에 비해 특별히 달라진 게 없었던 만큼, 그러한 감정의 근원이 무엇인지 알 수 없었을 뿐만 아니라 그 원인도 이해할 수 없었습니다. 1982년에 나는 한 가지 어려운 성찰을 밀고 나가게 되었습니다. 거의 육개월 정도 지속된 성찰이었지요. 장 주네가 말한 것처럼, '적(敵)의 언어'로 글을 쓰는, 지배자들에게서 글쓰기 기술을 '훔쳐와' 사용하는 서민 출신 화자로서의 내 상황에 관한 것이었습니다(어쩌면 당신은 내가 과장된 용어들을 사용하고 있다고 생각할지도 모르겠군요. 하지만 전혀 그렇지 않습니다. 난신분의 벽을 넘어 지적인 지식을 절취〔竊取〕했다고 오랫동안느껴왔고, 지금도 여전히 그렇게 느끼고 있습니다).

이러한 성찰 끝에 나는 다음과 같은 결론에 도달했습니다. 겉으로는 하찮아 보일지도 모르는 하나의 생애, 바로 내 아버지의 생애를 떠올리는 유일하게 정당한 방법, (내 아버지와,

나를 배출했고 여전히 존재하는 세상, 즉 지배받는 자들의 세상을) 배반하지 않는 하나뿐인 정당한 방법은, 정확한 사실을 통해, 내가 들은 말을 통해 그 생애의 리얼리티를 복원해야 한다는 것이었어요. 수개월간 계속된 이 시도에 내가 부여했던 '가족 민족학 연구를 위한 요소들(Éléments pour une eth-nologie familiale)'이라는 제목은 이런 내 의도를 꽤 명확히 보여준다고 할 수 있습니다. 거기서 문제되는 것은 더이상 소설이 아니었습니다. 사실 '아버지의 자리'라는 제목은 마지막 순간에 가서야 생각해낸 것입니다. 만약 내가 아버지의 실제 삶을 소설로 썼다면, 그 삶의 현실성은 상실되고 말았을 것입니다. 그렇게 때에 따라 사회의 비천한 모습을 묘사하거나 민중주의적 색채를 가미하는 감정적이고 격렬한 글쓰기를 구사하는 것도 불가능하게 되었지요. 내가 유일하게 '정확하다'고 느낀 글쓰기는 표출되는 감정도, 교양 있는 독자와의 어떤 묵계도 없이(초기 텍스트들에서는 그러한 묵계가 전혀 없지는 않았죠) 오직 거리두기를 통해 객관화하는 방식이었습니다. 『아버지의 자리』에서 내가 "평평한 글쓰기"라 부른 것이 이겁니다. "과거에 내가 부모님에게 중요한 소식들을 전할 때 사용하던 바로 그 글쓰기"죠. 내가 빗대어 말한 이 편지들은 극도로 절제되고, 문체의 효과를 노리거나 유머러스하지도 않으며, 내 부모님이 '부자연스러운 예절'이나 '부담스러운 형식'으로 느낄 그 어떤 요소도 없이 늘 간략했어요. 그러한 글쓰기를 통해, 그리고 그 글쓰기 속에서 나는 내가 문화적인 결렬, 다시 말해 프랑스 사회 '내부로부터의 이민자'라는 그 결렬을 받아들이고 초월한다고 믿습니다. 나는 힘겹고, 무겁고, 폭력적인 무언가를 문학에 도입합니다. 삶의 조건들과, 내가 열여덟 살까지 전적으로 속해 있었던 세계의 언어와, 그 노동자와 농부의 세계에서 사용되는 언어와 연결된 무엇을 문학 속에 끌어들이는 거죠. 그것은 여전히 실제적이며 진정한 무엇입니다.

이런 글쓰기 방식을 바르트가 정의한 '백색의 글쓰기'와 연결시키든 미니멀리즘[4]과 연결시키든, 그것은 문학연구가들이 할 일입니다. 그들은 문학 경향의 특징을 정리하고 분류하고, 개개의 책들에 대해 연구하고 비교하는 등의 일을 담당하니까요. 글을 쓰기 전, 내겐 아무것도 없습니다. 아직 형태가 정해지지 않은 어떤 소재, 추억, 직관적인 전망, 감정 등이 있을 뿐이죠. 가장 본질적인 문제는 가장 정확한 단어와 문장을 찾아내는 것이며(이것들만이 사물들을 존재하게 하고, 단어들을 잊어버림으로써 사물들을 '보게' 할 것입니다), 실재에 대한 글쓰기라고 내가 느끼는 것 안에 존재하는 것입니다. 그 표현방식이 모호하거나 신빙성 없어 보일 수도 있고, 내가 글을 쓰는 순간 그런 방식이 아무런 의미를 지니지 않을지도 모르지만 말입니다. 내가 한 단락을 쓰기 위해 많은 시간을 보내는 일은 결코 없을 겁니다……

F. -Y. J. 초기 '소설'들에서 최근의 책들에 이르기까지 당신을 이끌어온 여정을 되돌아보도록 하죠. 이러한 회고적인 시각에서 볼 때, 당신이 점점 더 강하게 절제함으로써 점점 더 정확하고 첨예하게 진실을 탐구하고 있음을 발견하게 됩니다. 『아버지의 자리』 이후 『집착』에 이르기까지, 이제 당신의 글쓰기 방식이 되었다고 할 이 새로운 양식은 당신이 선택한 것입니까? 다시 말해 이것은 당신의 목소리가 낼 수 있는, 당신이 도달하려 애쓴 최종적인 음역인가요?

A. E. 『아버지의 자리』 이후로 내가 실제로 여전히 같은 방

식으로 글을 쓰고 있다고 할 수 있을까요? 다시 말해, 과연 매번 다른 책 속에서 같은 문장 리듬과 템포를 유지하고 있을까요? 혹은 그보다 더 많은 절제를 하지는 않을까요? 정말이지 판단할 수가 없는 문제예요. 내가 아는 거라곤, 언젠가 말했듯이, 그러한 글쓰기의 입장을 『아버지의 자리』에서 처음으로 내세웠고 아직도 변함없이 그 입장을 지키고 있다는 것뿐입니다. 내적이든 외적이든, 그리고 내밀한 것이든 사회적인 것이든, 모든 리얼리티를 같은 움직임 속에서, 허구의 바깥에서 탐구하는 입장 말이죠. 내가 사용하는 글쓰기 방식을 당신은 '임상적'이라고 말했는데, 바로 그 방식이 내 연구의 핵심 부분입니다. 내겐 글쓰기가 칼처럼 느껴져요. 거의 무기처럼 느껴지죠. 내겐 그게 필요해요.

■ ■ ■

F. -Y. J. 당신의 글을 읽을 때 종종 제기되는 것은 '장르'의 문제입니다. 삶이 전개되는 바로 그 순간에 씌어지는 내면일기는 독특한 장르를 구성하는데, 이것은 원칙적으로 자전적 탐구를 내용으로 하는 이야기보다 앞섭니다. 자전적 이야기

는 매우 조직적으로 구성된 것으로서, 이제는 과거시제로 이야기되는 그 경험에 대한 일종의 종합, 응결 혹은 분석이라고 할 수 있죠("작년 9월부터" "1963년 10월에" "1952년, Y.의 지형도" 등). 『탐닉』을 발표했을 때 당신은 짧은 서문을 통해 같은 경험이 두 개의 다른 글쓰기를 가능하게 할 수 있다는 사실을 설명한 바 있습니다. 여기서 당신은 즉각적 글쓰기란 "『단순한 열정』에 들어 있지 않은 다른 '진실'"을 내포한다고 말했지요. 이것은 이 두 책의 매우 상이한 형식에서 명백히 드러납니다. 내면일기와 수첩 중 당신이 이야기의 소재를 길어오는 곳은 어디입니까?

A. E.　때때로 나는 지난 일기를 즐겨 읽습니다. 특히 최근 몇 년 동안의 것들을 다시 읽는 편이죠. 하지만 이 행위는 항상 그 자체로서 궁극적인 목적을 지녀요. 어떤 예술적 흥미도 아닌, 순전히 개인적 호기심이라고 할 수 있지요. 그 속에서 한 번도 책의 소재를 찾았던 적은 없습니다. 난 긴 숙고 끝에 구상되는 텍스트 작업에 '이용할' 목적으로 일기를 쓰지도 않았을뿐더러, 그런 의도로 쓰고 있지도 않습니다. 내가 쓴 텍스트들 중 많은 것들은 어린 시절처럼 아직 비밀 일기장이 없거

나 사라져버린 시절(열여섯 살에서 스물두 살까지)에 관한 것들입니다. 『빈 장롱』과 『부끄러움』의 경우가 그러하죠. 이 텍스트들과 관련된 일기는 없어요. 혹은 내가 쓴 내용이 일기에서는 언급되지 않거나(『아버지의 자리』), 거의 언급되지 않는 경우도 있지요(『얼어붙은 여자』). 하지만 일단 텍스트가 충분히 정립된 다음, 그리고 종종 거의 마무리될 무렵, 같은 시기에 씌어진 일기가 있을 경우에는 참조하기도 합니다. 실제 사실들을 잊지 않으려는 욕망에 기인한, 이를테면 일종의 실증주의적인 세심한 태도라고도 할 수 있겠죠. '내가 뭔가 의미심장한 것을 놓치지는 않았을까?' 하는 태도 말이에요. 『단순한 열정』과 『집착』을 쓸 때 바로 그런 식으로 작업했죠. 그와 반대로, 내 어머니가 알츠하이머 병을 앓고 있던 시절 어머니를 병문안 간 날 쓴 일기는 어떤 끔찍한 감정을 불러일으키곤 했어요. 마치 일기를 계속 씀으로써 어머니를 죽음으로 몰아간 것처럼…… 그 감정이 얼마나 강렬했던지, 『어떤 여자』를 다 마치기까지 다시는 그 일기를 들춰보지도 않았답니다. 『사건』을 쓸 당시, 1963년의 내 일기와 수첩에는 상황이 완곡하게 요점만으로 남아 있어서, 무엇보다 좌표를 확인하고 기억을 환기시키는 데 도움이 되었죠. 난 그것들을 거의 역사적 문헌처럼 다뤘답니다. 요컨대, 내게 일기는 어떤 습작도, 소재의 원천도 아닙니다. 오히려 보존된 기록이라고 하고 싶군요.

『나는 나의 밤을 떠나지 않는다』와 『탐닉』, 이렇게 단 두 권의 내면일기만을 출판했어요. 이 일기들은 모두 십 년 전에 씌어졌고, 실제로 그 기간에 살았던 삶은 이미 각각 『어떤 여자』와 『단순한 열정』이라는 자전적 이야기의 대상이 되었지요. 이 두 가지 상황—십 년이라는 유예기간과 그 기간에 상응하는 책의 존재—가운데, 후자가 일기를 출판하도록 부추긴 좀 더 근본적인 이유입니다. 유예기간도 중요하겠죠. 그 세월이 내가 나의 일기를 객관적이고 냉정하게 볼 수 있게 해주었으니까요. 이것은 '나'를 다른 존재로, 다른 한 여성으로 생각하고 그 시기의 맥락에서 벗어나 분출되는 감정을 초월함으로써, 나로 하여금 글쓰기가 생산해내는 진실을 볼 수 있게 해줍니다. 일기를 출판하는 것은 먼저 나온 텍스트를 '작용하게' 하고, 그것에 어떤 다른 조명을 비추게 할 수 있는 가능성을 내게 열어줍니다. 예를 들어 『단순한 열정』과 『탐닉』의 경우처럼, 열정의 두 가지 '버전' 앞에서 독자를 뒤흔들어놓을 위험을 내포하고 있음은 사실이지만 말이죠. 긴 버전은 그날그

날 현재의 모호함 속에서 씌어졌고, 다른 버전은 좀더 간략하고 정화된 것으로서, 열정의 리얼리티에 대한 묘사로 선회하고 있습니다. 그리고 각각의 일기(『탐닉』과 『나는 나의 밤을 떠나지 않는다』)는 그에 상응하는 다른 텍스트보다 더욱 격렬하고 노골적입니다. 그렇기 때문에, 일기를 감출 권리가 내겐 없다고 느껴요. 루소가 말했던 것처럼 "모든 조각을 제공해야" 합니다. 작품의 폐쇄성이 지닌 신화적 성격 또한 깨뜨려야 하고요.

용해되고 싶은 욕망

F. -Y. J.　내밀한 일기장, 다시 말해 '역사적' 문헌이 없는 오랜 과거에 관한 텍스트일 경우, 당신의 글쓰기를 어떤 기억의 작업 내지는 어떤 점진적 복원 작업이라고 규정할 수 있을까요? 혹은 어떤 돌연한, 계시적인 이미지의 '현현(顯現)'이라고 할 수 있을까요? 당신은 『밖에서 쓰는 일기』에서 소르본 대학 도서관의 서지자료 서랍들을 들여다보는 일에 대하여 이야기했습니다…… 『부끄러움』이나 『아버지의 자리』에서는 예컨대, 그 시기에 유행한 가요나 글을 쓰던 당시에 벌어진 사건을 말하고 있고요. 이런 경우, 자료 수집을 하는지요? 『단순한 열정』에 나오는 〈람바다〉나 『집착』의 콩코르드 비행기

추락사고에서처럼 텍스트를 쓰는 기간에 벌어진 사건들을 언급할 때는 문제가 좀 다른 것 같습니다. 그 예로, 『부끄러움』에서 "내가 이 텍스트에 대해 생각하기 시작하던 무렵, 사라예보 시장에 박격포탄 하나가 떨어졌다"고 쓴 대목을 들 수 있지요.

A. E.　내 작업방식은 주로 기억에 근거합니다. 글을 쓰는 동안, 기억은 끊임없이 재구성해야 할 요소들을 환기시킵니다. 하지만 글을 쓰고 있지 않아도, 집필중에 있는 책이 뇌리를 떠나지 않는 동안 기억은 마찬가지로 작용합니다. 언젠가 "기억은 물질적인 구체성을 띤다"고 쓴 적이 있습니다. 아마 모든 사람에게 그런 것은 아니겠죠. 어쨌든 내게 기억은 극도로 감각적인 무엇이라, 본 사물, 들은 사실(대개는 고립된 채 섬광처럼 하나씩 떠오르는 문장들이 이것을 되살리는 역할을 하죠), 행위와 장면을 아주 정확히 되살릴 수 있어요. 마법처럼 아주 생생하게 떠오른다고 할까요. 이러한 끊임없는 '현현'이 내 책의 재료가 됩니다. 그리고 그것들이 현실의 '증거'이기도 하고요. 나는 '보고' '듣지' 않고는 글을 쓸 수 없어요. 그런데 내게 그것은 '다시 보기'이며 '다시 듣기'를 의

미합니다. 이미지와 말을 있는 그대로 따와서 묘사하거나 인용하는 것은 나로서는 절대 생각할 수 없는 일입니다. 그것들을 '실제로 보고 있다고 착각할' 정도로 끊임없이 되새겨야만 해요(『사건』은 내 글쓰기 작업의 가장 깊숙한 곳까지 내려간 모험의 산물인데, 이 책의 첫머리에서 그 사실을 설명한 바 있죠). 그리고 그 다음에야 비로소 나는 서사나 세부적인 장면 묘사를 통해 장면, 세부 사항, 문장이 내게 환기시키는 감각을, 말하는 게 아니라 '만들어내려고' 애씁니다. 내게 필요한 것은 감각(혹은 감각의 추억)입니다. 아무것도 없는 빈털터리의, 벌거벗은 상태의 감각이 도달하는 그 순간이 필요한 것이죠. 오직 그 순간을 맞은 후에야 단어들을 찾아야 할 필요를 느낍니다. 이것은 감각이 글쓰기의 기준이라는 것을, 다시 말해 진실의 여부를 결정하는 기준이라는 것을 의미합니다. 실제로 글을 쓸 때에는 매우 구체적인 작업과 메커니즘인데 이렇게 추상적인 용어들로 설명해야 하는 상황이 곤혹스럽군요. 모든 게 상상계 속에서 일어난 일이며 그래서 모든 것이 실제로는 보이지도 들리지도 않는다는 사실만 제외하면, 마치 '정지 버튼'을 눌러 이미지를 반복해서 들여다보거나, 혹은 종이 위에 단어들을 받아쓸 수 있을 때까지 자동 응답기의 메시지를 몇 번이고 되돌려 듣는 것과 같다고 할까요.

추억에는 언제나 '경련을 일으키는' 세부 사항이 있다는 것을 강조하고 싶습니다. 바로 그러한 세부 사항이 추억에 이미지 정지 현상을 일으키죠. 그것이 감각과, 감각에 의해 촉발되는 모든 것을 자극합니다. 예를 들면, 아버지가 돌아가실 때 어머니가 손에 들고 있던 냅킨 같은 어떤 사물이나, 내 뱃속의 태아를 두고 "아이가 다시 기운을 차렸어요"라고 말하던 불법 낙태시술자의 한마디 같은 문장이 그런 것들입니다.

지금까지 나는 역사적 문헌들을 참조한 적이 없었습니다. 다만 『부끄러움』을 쓸 때는 예외였지요. 내가 열두 살 되던 해의 지역 신문을 참고하러 루앙의 문헌 자료실에 갔으니까요. 내 텍스트들 중에 유행가가 언급되지 않는 것은 거의 없어요. 그 노래들이 내 삶 전체를 가로지르며 그 안에 이정표를 남겼기 때문이죠. 그리고 각각의 노래들이 이미지를, 감각을, 다시 말해 무한히 엮이는 추억의 사슬을 되살리기 때문이죠. 한 해의 맥락 또한 복원시키고요. 1989년 여름에 유행한 노래 〈람바다〉, 1998년의 〈I will survive〉, 1952년의 〈멕시코〉와 〈쿠

바 여행〉…… 이것들은 개인과 집단 모두에게 '마들렌 과자'[5]
가 되죠. 사진은 나를 매혹합니다. 그것은 꼭 내게 순수 상태
로 남아 있는 시간인 것만 같아요. 그런 느낌이 얼마나 강한
지, 사진 한 장 앞에서 몇 시간이고 머물러 있을 정도죠. 마치
어떤 풀어야 할 수수께끼 앞에 서 있는 것처럼 말이에요. 내가
묘사하는 사진들은 물론 내가 가지고 있는 것들입니다. 그리
고 내가 가장 먼저 하는 일은 그것들을 우선 내 눈앞에 두는 것
이죠.

F. -Y. J.　그렇게 작업하도록 당신을 이끄는 것은 무엇입니
까? 이해해야 한다는 필요성인가요? 과거를 해명하고 현재와
자신을 연결해야 한다는 필요성인가요? 글로 남기지 않은 것
을 복원해야 한다는 필요성인가요? 현재 당신이 하고 있는 시
도에는, 기억을 통해 실현되는 작업에 기초를 둔 다른 자전적
시도(샤토브리앙, 레리스, 프루스트의……)처럼 암흑에 덮
여 있는 지대들을 조금씩 채워나감으로써 살아온 삶 전체를
'총망라' 하겠다는 야심이 담겨 있는 것은 아닙니까? 앞으로
쓰게 될 텍스트들에서도 그렇게 작업에 임할 건가요?

A. E.　내 삶의 암흑지대를 발견하고 싶은 마음은 없습니다. 내게 일어난 일들을 샅샅이 기억하고 싶은 마음도 없고요. 내 과거는 그 자체로서는 내게 특별한 흥밋거리가 되지 못합니다. 나 자신을 독특한, 그러니까 전적으로 유일무이하다는 의미에서의 독특한 존재로 생각한 적은 거의 없어요. 내가 생각하는 것은 사회적, 역사적, 성적 경험과 결정 그리고 다양한 어법의 총합으로서, 끊임없이 세상(과거의 세상이든 현재의 세상이든)과 소통하고, 독특한 주관성 — 그럼요, 물론이죠 — 을 형성하는 전체로서 나 자신입니다. 하지만 좀더 보편적이고 집단적인 현상이나 메커니즘을 재발견하고 들춰내기 위해 나는 내가 가지고 있는 개별적인 주관성을 사용합니다. 솔직히 이 표현방식이 만족스럽지는 않군요. 때때로 나는 이렇게 말하기를 좋아합니다. "나는 세상 모든 사람들처럼 한 가지 독특한 방법으로 사물을 경험한다. 하지만 나는 그것을 보편적인 방법으로 그리고 싶다." 내가 이 생각을 가장 잘 표현한 것은 아마 『사건』의 결말인 것 같아요. 거기서 나는 내 삶 전체가 사람들의 삶과 생각 속에 완전히 용해되어 모두에게 이해 가능한 보편적인 무엇이 되었으면 좋겠다고 말하고 있습니다. 브레히트의 문장이 생각나는군요. "그는 타인들 속에서

생각하고, 타인들은 그 속에서 생각하곤 했다." 내게 많은 것
을 의미하는 문장입니다. 깊이 생각해보면, 글쓰기의 최종 목
적은, 다시 말해 내가 열망하는 이상적인 글쓰기는, 타인들―
다른 작가들, 그러나 그들뿐만이 아닙니다―이 내 안에서
생각하고 느꼈듯, 내가 타인들 속에서 생각하고 느끼는 것입
니다.

작업장 같은 것

F. -Y. J.　당신은 여러 유형의 글쓰기를 동시에 하고 있으며, 그런 일련의 작업들을 통해 꽤 분명히 구분되는 장르들의 경계를 끊임없이 넘나들고 있습니다. 외면일기는 정치 혹은 사회 비판적인 의도를 담고 있고, 내면일기에서는 모든 사회문화적인 문제의식과는 동떨어진 감각과 감정들이 표출되고 있어요. 그리고 창작집들은 오히려, 먼 과거이든 가까운 과거이든, 과거를 재창조하는 작업이라고 할 수 있습니다. 이처럼 장르 사이를 교대로 오가면서 서로 다른 장르의 역학을 각각 어떻게 '관리' 하는지요? 책을 구상하는 과정에서, 이런 장르 혹은 저런 장르에 속하는 책을 쓸 거라고 미리 결정합니까?

A. E.　몇 가지 종류의 일기가 있고, 그 나머지가 있다고 할 수 있겠지요. 그리고 후자는 일종의 작업장 같은 것이고요.

일기에는, 내면적인 것이든 외면적인 것이든, 혹은 글쓰기에 관한 것이든 내 어머니를 방문하는 일에 관한 것이든, 그 내용의 다양성을 초월하여 그것들을 하나로 묶어주는 것이 있습니다. 바로 시제의 현재성이죠. 내가 일기에 쓰는 것은 그것이 무엇이든 간에, 현재 진행중인 것을 포착하는 것이라고 할 수 있습니다. 물론 여러 다른 이유도 있겠지만 감동, 만남, 혹은 삶이나 글쓰기의 난관을 글로 쓰는 것이 이러저러한 방법으로 내게 도움이 될 거라고 믿기 때문에, 그것들을 일기에 적음으로써 고정시키는 것이죠. 일기는 곧 사라져버리는 일시적인 것들의 저장소인 셈입니다. 내 삶을 통과하는 것에 대한 다양한 일기들(솔직히 말하자면, 내면일기를 제외하고는 공책이 아닌 낱장의 종이에 적어요) 사이의 분류는 그때그때 직관적으로, 습관에 따라, 그러니까 최초의 습관에 따라 이루어집니다. 최초의 행위 말입니다. 난 최초 행위의 중요성에 자주 놀랍니다. 그것은 내면의 무엇을 작동하게 하고 끌어들여서 빠져나가지 못하게 하는 힘을 가지고 있어요. 사람들은 담배와 관련지어 최초 행위의 중요성을 강조하죠. 하지만 난 사랑에서 범죄에 이르기까지, 도처에서 그 힘을 느껴요. 열여섯 살 때의 일이었어요. 어느 저녁이었죠. 어머니의 가게에 가서 '클레르퐁텐' 상표 공책 한 권을 가져왔어요. 그러고는 연도와 날짜를 적고, 사랑의 감정과 사회적 성격의 문제에 연루된 나의 우울한 감정을 그 속에 쏟아부었죠(춤출 때 입을 드레스가 없어서 내가 좋아하는 남자애가 참석할 무도회에 갈 수 없었거든요. 더구나 같은 반의 몇몇 여자애들도 거기 갔을 텐데 말이에요). 그렇게 해서 버릇이 들고 말았어요, 결정적으로. 나도 미처 예감하지 못한 사이에, 내 의지와는 아무런 상관도 없이. 마찬가지로 1983년 어느 날, 내면일기와는 별도로 빈 종이에 어머니에 관한 몇 개의 문장을 썼어요. 당시 어머니는 기억력을 잃어가고 있었어요. 그후로 어머니와 관련된 일은 먼저 낱장의 종이에 쓰게 되었답니다. 처음에는 이렇게 별개로 분리되어 있던 몇 개의 문장이 그 다음 단계에서 연결되면서 그것들 사이의 공백이 채워지는 것이죠. 일기장과 다른 용지를 선택하는 것은 숙고하거나 분명하게 결정하는 과정 없이 직관적으로 이루어집니다. 현실 속에서 무언가를 끌어내려는 무의식적인 욕망에 상응하는 행위라고 해야겠죠. 따지고 보면, '글쓰기의 소재'는 이렇게 정해지니까요. 하지만 사전에 준비된 무슨 계획이 있어서 그렇게 하는 것은 아닙니다. 그냥 욕망의 꾀바른 술책이라고 할까요. 『밖에서 쓰는 일기』뿐만 아니라, 글쓰기에 관한 일기에 대해서도 마찬가지로 말할 수 있을 것 같아요. 결심이 서지 않을 때는 글쓰기에 관해 쓰는 것도 일종의 글쓰기 방법이라고 할 수 있죠…… 이에 대해 모리스 블랑쇼는 『미래의 책*Le Livre à venir*』에서, 문학인 것 혹은 문학이 아닌 것의 이름으로, 까다롭기는 하지만 흥미로운 것들을 썼습니다. 그에게 일기는 문학이 아닙니다.

그러니까 이처럼 분류할 수 있긴 하지만, 때때로 겹치기도 하지요. 1983년에서 1986년까지의 내 내면일기에는 내 어머니에 대한 이야기도 담겨 있습니다. 어머니에 대한 일기인 『나는 나의 밤을 떠나지 않는다』에 내 애인 A.라는 남자(그는 『단순한 열정』의 A.와는 다른 인물이에요)에 대한 이야기도 있는 것처럼 말이죠. 내면일기에는 글쓰기에 대한 단상도 많이 담겨 있지요. 그러나 가장 중요한 것은 내가 일기를 쓰는 용지의 성격에 따라, 다시 말해 일기의 유형에 따라, 같은 주제에 관해서도 결코 같은 문제점을 다루지는 않는다는 사실이죠.

일기에 완료나 출판과 같은 '문학적' 전망이 있다면, 그것은 어디까지나 일기의 본질적인 성격을 거스름으로써만 가능합니다. 그와 반대로 작업장은, 그것이 아무리 두세 페이지에 걸친 짧은 글쓰기를 위한 것일지라도, 어떤 총체성에 대한 숙고 끝에 세워진 계획입니다. 이것은 내가 시도, 계획, 연구라는 용어로 생각하는 것이지, 결코 장르가 아닙니다. 실제로 이 작업장은 여러 갈래의 '추적해야 할 흔적' 혹은 탐험 방향을 갖고 있어요. 작업이 꼬이고 진척이 없는 그야말로 고약한 날에는 글쓰기 일기를 쓰면서, '좀더 선명하게 보기' 위해 이런 것들을 명확히 정리하고 도식화하죠. 그리고 사용하지 않은 다소 긴 도입부와 꽤 많은 주석, 기억 속에 떠오른 사실, 문장 등…… 이 모든 것들 또한 작업장을 구성합니다. '언젠가는 유용할지 모르기' 때문이죠…… 계획에 따라서는 전체가 여러 개의 마분지 재킷으로 분류되기도 해요. 이렇게 해서 1989년에서 1990년 사이에는 'P. S.'─'S.에 대한 열정'이란 뜻이죠─라는 이름의 문서철이 만들어졌는데, 이것에는 이미 작성되었지만 그후 몇 달이 지나서야 하나의 독립된 텍스트로 완결하기로 결정될 조각들이 담겨 있었답니다. 그러한 결정을 내리게 된 것은, 무언가 구체적으로 조직되고 있다는 것을 차후에 직감하고 이젠 오직 계속하는 길만이 남았다고 느꼈기 때문이죠. 마치 자기장 안에 있는 것처럼 산만하고 무질서하게 흩어져 있던 모든 것이, 어느 한순간에 배치되면서 하나의 그림으로 그려지는 거예요.

『탐닉』의 출판을 결심하게 된 이유 중 하나는 내면일기와 『단순한 열정』 사이의 '유희'를 보여주려는 것입니다. 여기서 '유희'라는 말은 이 둘을 갈라놓는 거리의 의미도 내포합니다. 어떤 경우 혹은 어떤 순간에는, 여러 전(前)텍스트[6]들을 포함하는 작업장과 내면일기 사이에 대상과 내용 차원의 느리고도 지속적인 이입이 이루어집니다. 다른 어떤 일기와의 관계에서보다 더욱 풍부하게 말이죠. 그러나 이것은 결코 글쓰기 차원에서의 경계 허물기는 아닙니다. 내게 이 두 글쓰기가 겨냥하는 바는 전적으로 다르기 때문입니다. 『어떤 여자』의 처음 몇 페이지는 나의 내면일기와 『나는 나의 밤을 떠나지 않는다』에 씌어진 부분입니다. 물론 모두 다른 방법으로 씌어졌죠. 2000년 6월부터 2001년 1월 사이의 내면일기를 놓고, 8월부터 뚜렷한 목적도 없이 '집착'이라는 제목으로 묶어둔 페이지들 속에서, 말하자면 다른 글쓰기로 겹을 대기 시작했습니다. 다른 표현을 쓰자면, '더빙' 하기 시작한 거죠. 이 텍스트는 같은 제목으로 출판되었습니다. 하지만 거의 대부분의 경우, 일기와 작업장 사이에는 거의 간섭이 없습니다 (『사건』과 『부끄러움』의 경우를 생각해주세요).

위험한 어떤 것

F. -Y. J. 글을 쓰면서 위험을 무릅쓰고자 하는 욕망, 위험한 어떤 것을 쓰고자 하는 욕망이 당신의 글에 종종 나타납니다. 이런 욕망은 형태보다 주제와 더 연결되어 있는 것인지요? 내가 보기에, 당신의 글쓰기가 소설에서 멀어지면서 당신의 책 속에서 문장이나 이야기 구조 모두에 대한 어떤 근본적인 문제가 분명히 제기되고 있는 것 같습니다. 물론 당신의 초기 책들 속에 그러한 과정이 들어 있지 않은 것은 아니지만, 글쓰기의 변화와 함께 추구하는 바의 성격 또한 뚜렷해진 듯합니다. '중립적' 글쓰기에 대한 추구, 점점 더 간략한 문장의 추구라고 할 수 있지요. 이것은 파토스의 전적인 거부를 의미하죠.

이것을 현재 당신이 추구하는 방향이라고 이해해도 될까요?

A. E. '위험한 어떤 것'이라…… 처음부터, 다시 말해 내 첫 책인 『빈 장롱』을 쓰기 시작한 1972년에서 1973년 사이에 이미 그러한 욕망을 품고 있었던 것은 아닙니다. 그런 욕망은 텍스트가 진척되어감에 따라 점차적으로 발견하게 되었죠. 내 가정환경과 학교 사이에서 이러지도 저러지도 못한 채 겪은 갈등을 탐구하면서, 내가 아주 멀리 가고 있으며 나의 글쓰기가 아주 격렬한 양상을 띠고 있다는 사실을 스스로 깨닫게 된 거예요. 이 발견은 내게 아무런 두려움도 일으키지 않았어요. 내 책이 출판될 거라는 확신이 없었기 때문에 대담하게 계속 써나갔고, 그때까지만 해도 위험은 상상 속에서만 존재하고 있었죠. 그런데 그라세 출판사가, 그리고 곧이어 갈리마르 출판사(난 결국 이곳을 선택했죠)가 이 책을 출판하겠다고 나섰어요. 그 사실을 알게 되었을 때 몹시 당황했던 기억이 나는군요. 갑자기 내 책이 실제로 존재하게 되었고, 그것은 마치 내가 비밀리에 저지른 어떤 나쁜 행동이 백일하에 드러난 것만 같았어요. 내 책이 부끄러웠어요. 하지만 가명을 사용할 생각은 하지 않았죠. 내가 쓴 것을 내 것으로 인정하고, 가족이

나 직장 사람들의 시선에 정면으로 맞서기로 결심했어요. 우스꽝스러운 것은, 십 년 전에만 해도 내 책이 처음 출판되는 순간에 내가 아주 행복할 거라고 상상했다는 점이에요. 그런데 난 바로 그 순간을 하나의 시련처럼 겪었지요. 나는 문학적 가치들을 부인하고, 모든 것에 침을 뱉고, 내 어머니에게 상처를 입힐 텍스트와 함께 '서툴고' 부적절한 방법으로 진흙투성이가 되어, 문학 속으로 들어가고 있었어요. 그 책은 내가 살고 있던 시골 사람들이 보내는 경의와 가족의 축하를 받을 상냥하고 매력적인 소설이 아니었던 거죠. 하지만 내 존재의 가장 깊숙한 곳에서는, 내가 그것과는 다른 텍스트를 절대 쓸 수 없었으리라는 사실을 알고 있었던 게 분명합니다. 난 처음부터, 명백하게 원하지는 않았지만, 위험지대에 자리잡고, 문학까지 포함한 모든 것에 '반대하여' ─ 더구나 난 문학을 가르치고 있었죠 ─ 글을 쓰고 있었던 겁니다. 난 그 책과 함께 또 하나의 습관을 들이기 시작한 것 같아요. 하지만 그것으로 충분한 설명이 되지는 못하겠죠.

'위험한 어떤 것'을 쓰고 싶은 욕망의 다른 이유가 생각나는군요. 이것들은 내가 내 출신 사회계층을 배반하고 있다는 감정에 깊이 연루되어 있습니다. 나는 '사치스러운' 활동을 하고 있어요. 비록 역시 고통스러운 일일지라도, 자기 삶의 가장 중요한 부분을 글쓰기에 바칠 수 있는 것보다 더 큰 사치가 어디 있겠어요? 그리고 그러한 삶을 '속죄' 하는 방법 가운데 하나가, 어떤 안락한 모습도 보여주지 않는 글쓰기를 하는 것, 내가 손으로는 한 번도 노동해보지 않은 만큼 나 자신의 존재 전체로써 그 대가를 지불하는 것입니다. 속죄의 다른 방법은 글쓰기를 통해 세상에 대한 지배적인 관점들을 전복시키는 데 기여하는 것입니다.

위험성이 주제에 있는지 형태의 차원에 있는지 물었지요? 솔직히 나는 그 둘을 분리해서 생각하지 않습니다. 근본적으로 글쓰기 방식에 결부된 문제라고까지 말할 수 있습니다. 부모의 병환과 죽음을 떠올리기 위해 비장하거나 완화된 어조, 혹은 암시적인 표현을 사용할 수 있습니다. 또 대중문화에 대해서는 민중주의(populisme) 입장에서, 열정에 대해서는 서정적인 입장에서 쓸 수 있으며, 그러한 예는 얼마든지 찾아볼 수 있습니다. 그 모든 것은 이미 행해졌고, 그렇게 반복하는 것이 위험하지는 않을 것입니다. 그러나 '내 주제를 다루기'

위해 내가 느끼는 것에 가장 일치하는 가장 적확한 방법을 찾으면서, 특히 『아버지의 자리』에서부터 새로운 형식들을 찾아 점점 더 멀리 이끌려가게 되었어요. 이 책에 대해서는 나중에 다시 이야기하기로 하죠.

F. -Y. J.　그와 같은 연장선상에서 당신은 이야기의 형식을 쇄신하려 하는 건가요? 문장 구조에 관한 당신의 작업에는 어떤 것들이 있습니까?

A. E.　이야기 방식을 이끄는 것, 글쓰기를 이끄는 것은— 텍스트의 구조에 관해서도 마찬가지로 말할 수 있어요—늘 이야기해야 할 대상의 리얼리티입니다. 이것은 내가 『부끄러움』을 쓸 때 진행되었던 글쓰기의 양상이지요. 그리고 텍스트 속에서 공개되고 분석되기까지 한 것이기도 하고요. 내가 열두 살이었을 때 부모 사이에 벌어진, 잊혀지지 않는 충격적인 한 장면에 대해 막 이야기한 다음 내가 겪어야만 했던 표현할 길 없는 그 부끄러움의 리얼리티를 포착하기 위해, 어쩔 수 없이 그 상실된 세계의 코드와 가치관을 묘사할 수밖에 없었어

요. 다시 말해 다른 모든 가능성은 모두 거짓처럼 보였지요. 글을 쓴다는 것은 내게 일종의 총체적 탐구 같은 것이 되었어요. 이러한 조건에서, 장르의 문제는 내 관심을 끌지 못합니다. 난 그것에 대해 질문조차 던지지 않아요.

내가 이야기의 형식을 쇄신하기 위해 노력하고 있다고는 차마 말할 수 없습니다. 그보다는 내 눈앞에서 펼쳐지는 안개에 싸인 듯한 불분명한 것—쓰고자 하는 대상의 리얼리티—을 글로 옮기는 데 적합한 형태를 찾기 위해 노력하고 있지요. 그리고 그 형태는 결코 미리 주어지지 않습니다.

새로운 형태 찾기

F. -Y. J.　그런데 당신은 다른 형태의 글쓰기를 추구함으로써 상당히 멀리까지 나아갔습니다. 그리고 이젠 당신이 소설이라는 형태로 되돌아가는 것은 전적으로 불가능해 보입니다. 20세기에 소설 형식이 극한까지 가버린 이 시점에서, 나와 마찬가지로 당신도 소설이라는 형태의 퇴락을 인정하는지요?

A. E.　'소설'과 관련지어, 항상 자신의 입장을 정해야 하는 건가요? 사람들이 일반적으로 소설이라고 부르는 것은 더이상 나의 지평 위에 있지 않습니다. 이 형식은 사람들의 상상계와 삶에 대한 어떤 진정한 작용을 상대적으로 적게 하는 것

같아요(대중매체에 의한 효과와 독서 효과가 순간적으로 혼동된다고 해서 그것들을 혼동해서는 안 됩니다). 각종 문학상은 소설에 확고한 지위를 부여하기 위한 작업에 계속 전력을 다하고 있어요. 그러나 이것은 소설의 생명력보다는 그것의 제도화된 성격을 증명할 뿐이죠. 그러나 다른 한편으로 프루스트, 셀린의 작품들처럼 20세기 전반의 주요 작품들의 연속선상에 있으면서 동시에 단절을 표시하는 뭔가 다른 것이 생성되고 있어요. 초현실주의자들의 텍스트라고 할 수 있는 것들이지요. 나는 앙드레 브르통의 「나자 *Nadja*」가 우리의 현대성을 말하는 최초의 텍스트라고 생각합니다.

문학 교과서에서나 대학 입학 자격시험이나 중등교사 자격시험의 문학 시험문제에서는 마치 '소설'이 하나의 본질인 양, '예를 들면서' 소설에 관해 논술할 것을 요구합니다. 그리고 책에 관해 빈번하게 벌어지는 대담에서 '소설'이라는 단어는 점점 더 확장된 의미를 지니면서 확산되고 있습니다. 거의 히스테릭한 태도로 '허구'를 옹호는 자들도 있어요. 그런데 생각해보면, 결국 품질인증표라고 할 수 있는 장르는 아무런 중요성도 지니지 않습니다. 모두 그것을 잘 알고 있어요.

강렬한 감동을 주고, 생각이나 꿈 혹은 욕망을 열어주고, 때로는 글을 써보고 싶다는 욕망을 불러일으키는 책들이 있을 뿐입니다. 루소의 「고백록」, 플로베르의 「보바리 부인」, 프루스트의 「잃어버린 시간을 찾아서」, 브르통의 「나자」, 카프카의 「소송」, 조르주 페렉의 「사물들」이 애초에 인증표를 달고 있었는지조차 의심스럽지만, 설사 그랬다손 치더라도 그것을 상실해버린 지는 오래되었습니다.

F. -Y. J. 당신은 "특히 『아버지의 자리』에서부터 새로운 형식들을 찾아 점점 더 멀리 이끌려가게 되었다"고 말했습니다. 우리가 이미 '장르' 문제에 접근한 적이 있습니다만, 다시 그 문제로 돌아갔으면 합니다. 그 문제가 당신이 이미 쓴 책들과 계획하고 있는 책들에 동시에 관련되어 있기 때문입니다. 뿐만 아니라 이 현상은, 내 판단으로는 당신의 작업을 혁신적인 것으로 만드는 한 양상이기도 하기 때문입니다. 당신은 소설과 자전적 허구와 관례적으로 자서전이라 불리는 장르를 훌쩍 뛰어넘었습니다. 현재 진행중인 당신의 작업을 미생물 연구나 현미경을 통한 연구에 비유해도 괜찮을까요? 이 경우,

당신이 선호하는 작업(연구) 대상은 어떤 것입니까? 당신이 시도하고 있는 일련의 글쓰기를, 과거를 '깊이.파 들어가는' 행위나 몇몇 장면의 확대로 생각하지는 않습니까? 당신 기억에 떠오르는 몇몇 장면이 앞선 책들의 장면과 교차하는 현상을 당신의 여러 책에서 이미 관찰한 바 있습니다. 아니면 당신의 계획이 방향을 바꾸어, 『집착』에서처럼 현재와 바로 직전의 과거를 탐구 대상으로 삼을 수도 있습니까?

A. E.　형태('장르'가 일종의 분류방법에 지나지 않는 만큼, 이 단어를 사용하는 걸 피하고 싶어요. 그래서 나는 형태라는 단어를 더 선호하지요)는 내게 핵심적인 중요성을 띠는 문제이긴 하지만, 그것을 글쓰기의 소재와 분리시켜 생각할 수는 없습니다. 때때로 형태는 주제와 함께 거의 직관적이리만큼 다가옵니다. 이때는 정말 연구라 할 만한 게 없죠. 『단순한 열정』과 아주 최근에 쓴 『집착』, 그리고 부분적으로는 『밖에서 쓰는 일기』가 바로 그런 경우입니다. 그와 반대로 『아버지의 자리』나 『부끄러움』의 경우에는 긴 시간 동안 모색해야 했습니다. 애초에 소재가 한정된 것이었기 때문에(아마 이것이 당신에게 장면들을 '확대'하거나 거기에 '깊이 파 들어가

는' 행위 같은 느낌을 주는 듯합니다) 그것이 전개되는 흐름에 따라 구조가 발견되거나 일반적으로 형태가 발견되는 경우가 아주 잦았지요. 『사건』이나 『아버지의 자리』 『부끄러움』(맨 처음 이 소설을 쓰기 시작했을 때, 그 자체가 1952년의 기억을 떠올리는 연습이었거든요)의 경우, 실제로 글쓰기는 그렇게 이루어졌어요. 결국 나는 플로베르의 확신에 동의하는 것 같습니다. 그는 "쓰고자 하는 작품은 매번 그 자신의 글쓰기 이론을 포함하고 있다. 그것을 발견해야 한다"고 말했습니다. 그것을 빨리 발견하지 못할 때, 난 다른 일로 넘어갑니다. 하지만 수정하는 한이 있더라도, 포기했던 계획으로 늘 되돌아오지요. 이 모든 것이 모호하게 보일 수도 있을 것 같군요 (하지만 이미 실현된 글쓰기에 이끌려 한 텍스트 안에 완전히 들어가기까지, 난 실제로 모호함 속에 머물러 있답니다).

『단순한 열정』과 『집착』뿐 아니라 『어떤 여자』까지, 이 책들은 삶과 글쓰기 사이의 시간적 간격이 매우 짧았던 텍스트들입니다. 몇 주에서 몇 달까지 시간이 벌어지는 경우도 있긴 하지만요. 이 세 텍스트는 일기가 겹을 대고 있는 것들입니다. 일기란 사는 그 순간을 포착하는 작업이며, 쥘 르나르[7]의 소망에 따르면 '현재를 추억하기' 위한 노력과 같은 어떤 것이라고 할 수 있어요. 그는 "진정한 행복은 현재를 추억하는 일일 것"이라고 일기에 쓰고 있죠.

이제 이야기의 주제에 관해 말해보도록 하죠. 과거든 현재든 나는 언제나 내가 현재까지 도달하게 될 과거 속에, 따라서 역사에 속하는 어떤 것 속에 있다고 말하겠습니다. 하지만 이야기의 서사적 틀은 모두 걷어버린 채 그 속에 있는 것이지요 (이 두 양상이 내게 가장 큰 어려움으로 남아 있어, 지금으로서는 이 문제에 대해 달리 말할 수가 없군요).

F. -Y. J.   한 권의 책을 쓰기 위해 당신은 매번 새롭고 다양한 형태의 글쓰기를 발견합니다. 그 형태에 담긴 '실질적 내용'—아니, 그 '내용'이 형태를 결정한다고 해야겠죠—에 대해, 『어떤 여자』에서 '문학과 사회학과 역사 사이에 있는 어떤 것'을 쓰려는 의지를 밝힌 바 있고요. 여기서 심리학은 어떤 위치를 차지합니까? 그리고 정신분석은 당신의 작업과 어떤 관계를 맺고 있습니까? 당신의 경우 글쓰기가 정신분석을 대신합니까?

A. E. '문학과 사회학과 역사 사이에 있는' 어떤 것을 쓰고자 하는 바람은 십오 년 전에 표명한 바 있습니다. 나의 글쓰기 행위가 여전히 겨냥하고 있는 것이기도 하고요. 몇몇 텍스트 ― 세 개밖에 안 되죠 ― 는 그것에서 벗어나 있지만요.

내가 나라는 개인의 암흑지대에 마침 별 관심이 없어서인지, 정신분석은 나와는 언제나 무관했습니다. 점처럼 고립된 몇몇 발견들이 내게 뭘 해줄 수 있을까요? 그리고 무엇보다 내가 그것들로 무엇을 할 수 있겠어요? 그러니까 글쓰기에서 그것들로 내가 할 수 있는 게 뭐가 있겠느냐는 말이죠. 독자들 가운데, 글을 쓰는 것 특히 자전적 글쓰기를 행하는 것이 정신분석을 실천하는 것과 같은 효과를 낳는다는 믿음을 표하는 경우가 종종 있는데, 내가 보기에 그것은 어떤 허망한 욕심이나 오해인 것 같아요. 자신의 문제로부터 전적으로 혼자서 스스로 해방될 수 있으리라는 착각, 그리고 그와 동시에 타인들에게 인정받고 싶은 열망, 즉 어떤 심리적-상징적 복권에 당첨되었으면 좋겠다는 욕심, 뭐 그런 것 말이죠. 그건 오해예요. 글쓰기가 깊숙이 감춰진 무엇을 다시 찾으러 나서는 것이며 정신분석의 치료과정과 유사한 것이라고 믿는 거니까요. 나는 글을 씀으로써 내 모든 지식뿐 아니라 교양, 기억 등이 모두 연루된 어떤 작업을 통해, 외양을 넘어서 나 자신을 세상에 투사합니다. 그리고 그러한 일련의 작업은 하나의 텍스트로, 따라서 타인들에게로 귀착되지요. 그들의 수가 얼마나 되느냐 하는 것은 내게 전혀 문제가 되지 않습니다. 그것은 '자기 자신에 대한 작업'과는 완전히 반대됩니다. 내가 어떤 것에서 치유되어야 한다면, 내게 그 치유는 오직 언어에 대한 작업을 통해서만 이루어질 것입니다. 그리고 그것은 전달하는 작업, 즉 하나의 텍스트를 타인에게 증여하는 작업을 의미합니다. 타인이 그것을 받아들이든 거부하든 상관없습니다.

물론 정신분석이 인간에 대한 이해의 폭과 깊이를 넓히는 데 기여한 내용—그것은 정말 엄청나지요—에 관해서나, 문학에 접근할 때 그것을 사용하는 것에 관해서는 어떤 형태로도 비난할 생각이 없습니다. 하지만 정신분석은 때때로 경찰처럼 구는 구석이 좀 있지요. 무슨 일이 있어도 작가의 심리적 구성 요소들을 낱낱이 적발해내고야 말리라는 의지를 품고, 텍스트의 고백을 마치 피고인의 진술인 양 몰아가잖아요. 그러고는 이 모든 게 바로 이것 때문이고, 난 이걸 다 알고 있지! 하는 식이에요. 이땐 실망스러워요. 몇 년 전이었어요. 대중매체에서 정기적으로 상담을 해주던 어느 정신분석가가 『부끄러움』에서 잘못된 구두점 하나를 발견했어요. 쉼표 대신에 마침표가 찍힌 거예요. 그는 이 실수에서 어떤 '무언의 고백'을 들었고, 그 위로 어떤 심리적 동요의 무의식적인 흔적을 첩첩이 쌓아올렸죠. 그의 명쾌한 해석은 놀랄 것도 없이 오이디푸스 콤플렉스와 연결되었죠. 그가 완전히 잘못 읽은 것만 제외하면, 문체상의 구조를 못 본 것만 제외하면, 그리고 구두점에 아무런 오류가 없었던 것만 제외하면 말이에요…… 명백히 말해서, 그는 자기 주장의 유효성에 대해 자문하기보다 문장 구조상의 실수를 내 탓으로 돌리고 싶어했죠. 이따금 나는 아도르노처럼 생각한답니다. 그는 「미니마 모랄리아*Minima Moralia*」에서, 정신분석이 개인 실존의 고통스러운 비밀들을 의례적인 진부함으로 만들어버린다고 말한 바 있지요.

죄책감을 떠안은 재능

F. -Y. J. 일종의 '죄책감', 자신의 사회계급을 바꾸었다는 죄책감은 당신의 책에 자주 반복되어 나타납니다. 그 죄책감의 강도는 오늘날 당신이 작가로서 얻은 성공과 지위와 영향력에 비례합니까? 당신은 이 성공에 어떻게 적응하고 있습니까?

A. E. 장 주네는 "죄책감은 글쓰기를 추동하는 막강한 동력이다"와 같은 문장을 썼습니다. 그리고 내가 『아버지의 자리』 첫머리에서 그의 문장을 명구처럼 떠올린 것도 아무 이유가 없진 않지요. 나는 이 죄책감이 결정적인 무엇이라고 생각합니다. 그리고 내 글쓰기의 바탕에 죄책감이 있다면, 나를 죄

책감에서 가장 자유롭게 해줄 수 있는 것도 글쓰기라고 믿습니다. 『단순한 열정』 말미에 나타나는 '죄책감을 떠안은 재능'의 이미지는 내 책에서 내가 쓰고 있는 모든 것에 대해 나 자신이 지불해야 하는 대가입니다. 출신 계급을 변절한 처지에서, 정치적 행위로서 그리고 '헌납'으로서 내가 할 수 있는 최선의 일은 바로 글쓰기라고 믿습니다.

가장 심하게 죄책감을 느낀 순간은 결혼해서 처음 몇 년 동안이었어요. 그때 나는 오트 사부아 지방[8]으로 발령받아 문학 선생이 되어 교양 있는 부르주아지로서 살게 됨으로써 내 출신 계층을 완전히 떠나게 되었죠. 1968년이 되기 몇 년 전이었어요. 난 나 자신을 좋아하지 않았죠. 내 삶이 마음에 들지 않았거든요. 아버지가 막 돌아가시고 나서였어요. 본빌 고등학교에 재직하면서 학생들 사이의 언어와 생활수준의 차이 그리고 당연히 학업 성적의 차이를 분명히 목격했지요. 그런 것들은 그들의 출신 사회계층과 관련 있었어요. 어떤 여학생들한테서는 내 모습을 보는 듯도 했습니다. 좋은 성적과, 선생들 앞에만 서면 주눅이 들어버리는 서툴고 수줍은 행동 같은 것. 서로 같은 세계에 속하지 않았으니까요. 1967년부터 난 내 이

야기를 통해 그 모든 것의 베일을 벗기겠다는 글쓰기 전망을
가지게 되었지요.

　이렇게 말하긴 했지만, 내 죄책감이 단순하지 않다는 것을
잘 알고 있습니다. 한 사회계층에서 다른 계층으로의 이동으
로 축소될 수는 없는 문제지요. 나와 관련하여 말하자면, 그
죄책감은 사회와 가족의 문제, 그리고 엄격한 가톨릭 교육을
받은 어린 시절에 비례하는 성(性)과 종교의 문제로 이루어져
있다고 할 수 있습니다. 구태여 그 감정을 연구하거나 특별히
관심을 두지는 않았지만, 이 모든 것은 내게 분명해졌어요. 중
요한 것은 텍스트가 가지고 있는 의도성입니다. 그 의도성은
나 자신에 대한 탐구나 나로 하여금 글을 쓰게 만드는 것에 대
한 연구 속에 있지 않습니다. 그보다는 나 자신의 상실을 전제
로 하며—물론 이것은 사회, 성(性) 등의 국면과 연계되어야
하죠!—내가 '사람들' 혹은 '우리' 안에서의 융합을 전제로
하는 현실에 빠져들어야만 발견할 수 있는 무엇이죠.

　그러고 보니, "성공에 어떻게 적응하는지"에 대한 질문에는
대답하지 않았군요. 난 다른 텍스트들을 제공해야 한다는, 항

상 글을 써야 한다는 의무감을 치러야 할 대가로 느끼면서 '적응'합니다. 사실 그 결과가 어떻든 간에 그 일을 계속하겠지만…… 내 책들이 가져다주는 금전적 이득—솔직히 일정하지는 않아요—에 대해서 나는 사치처럼, 분에 넘치는 엄청난 복권처럼 생각하는 경향이 있어요. 그 이유는 단순합니다. 그 돈이 항상 내가 교직에 종사하면서 받는 월급에 덤으로 주어진 덕분에, 오직 교직생활만 했을 때보다 훨씬 더 여유 있게 살 수 있게 해주기 때문이죠. 사실 이렇게 생각하는 게 옳지는 않지요. 가르침과 글쓰기의 입장이 대치된 상태에서 그 두 가지 일을 동시에 행하는 게 어렵고 종종 고통스럽기까지 했으니까요. 하지만 그러한 태도의 밑바닥을 들여다보면, 내 내면에는 책 한 권의 가격과 팔린 부수가 의미하는 돈, 그리고 그 책을 쓰기 위해 내가 지불한 대가 사이의 관계를 정립하지 못하게 하는 끈질긴 무엇이 존재하고 있습니다. 내가 일구어낸 것과 관련지어 그것은 언제나 지나치게 많다고 생각하면서도 동시에 충분하게 느껴지지도 않지요. 합당한 가격이 없는 겁니다.

변절자

F. -Y. J.   당신이 동의한다면, 정치에 대해 이야기해보지요. 정치는 '예술계'에서는 거의 저속한 주제로 취급받지요. 1973년에 미셸 뷔토르가 말했듯, 돈이나 성(性)만큼 열띤 토론을 이끌어내는 테마인 것 같습니다. 당신은 좌파 성향의 신문 잡지들(『유럽*Europe*』『뤼마니테*L'humanité*』『로트르 주르날*L'autre journal*』)에 기고하고 있습니다. 그리고 대통령 선거 때는 극좌파[9) 후보를 지지한다고 내게 말한 적이 있지요. 당신은 어떤 경위로 정치의식을 갖게 되었습니까? 당신의 출신 계급인 노동자와 소상인들이 꼭 정치문제에 예민한 것도 아닐뿐더러 부르주아지보다 예민한 것도 아니지 않습니까!

A. E.　당신이 말하는 정치의식이란 좌파로 기울어진 의식입니다. 좌파와 우파 사이의 근본적인 차이는, 전자가 지상의 모든 국민과 계급 사이에 존재하는 인간 조건의 불평등—여기에 남성과 여성 사이의 불평등도 덧붙이겠어요—을 불가피한 것으로 받아들이지 않는다는 점이죠. 좌파를 지지하는 것은 개인이 더 행복하고 자유롭게 살면서 질 높은 교육을 받을 수 있도록 국가가 뭔가 할 수 있으며, 그러한 일이 단순히 개인 의지의 문제가 아니라고 믿기 때문입니다. 그와 반대로 우파 전망의 바탕에는 불평등과 강자의 법칙과 적자생존, 다시 말해 현재 전 세계에 몰아치고 있는 자유주의 경제에서 작용하는 그 모든 것을 용인하는 입장이 깔려 있습니다. 그리고 도처에서 볼 수 있듯이, 자유주의를 필연으로 제시하는 것은 근본적으로 우파의 태도이자 담론이라고 할 수 있습니다. 1980년대 중반부터 자유주의를 선택함으로써 프랑스의 좌파 정부는 우경화되었고, 사회 현실에 대한 의식을 상실해버렸지요.

나는 아주 어렸을 때 이미 그 현실을, 그 경제적·문화적 차이를 알아버린 것 같아요. 당신은 소상인들의 사회가 거의 정치화되지 않았고 오히려 그들이 표를 던지는 쪽은 우파라고 했는데, 그것은 전적으로 옳은 말입니다. 내 부모가 툭하면 "장사에 정치는 금물이야!"라고 주장하는 것을 들었어요. 정치가 절대 범해서는 안 되는 금기라도 되는 것처럼 말이죠. 정치적인 의견을 표현하는 것이 그들의 이익에 해가 되기라도 하는 것 같았어요. 그와 반대로, 노동자 사회는 매우 정치화되었어요. 그렇지만 내가 살던 소도시에서는 그 움직임이 비교적 온건했지요. 거기에는 고작해야 두세 명 정도의 노동자들이 일하는 소규모 공장들이나 기업들, 또는 열네 살이 되어서야 겨우 초등학교를 졸업한 여자애들이 다니는 봉제 작업장이 전부였어요. 그애들에게는 정치보다는 사내애들이나 유흥거리가 더 큰 관심사죠. 그런데 그 때문에 내가 얼마나 그애들을 부러워했는지! 간단히 말해, 난 좁은 의미의 정치적 담론에 빠져들었던 적이 한 번도 없습니다. 다른 사람들처럼 당 집회에 참여해본 적도 없었죠. 하지만, 이것은 매우 중요한 사항인데, 열여덟 살이 될 때까지 난 경제적·문화적 차원에서부터 식단의 차원에 이르기까지, 일상생활 전반에 걸친 사회적 현실에 완전히 젖어 살고 있었어요. "네가 뭘 먹는지 말해보라,

네가 누군지 말해줄 테니." 마르크스의 이 말을 내가 성장하는 동안 한 번도 읽지도 듣지도 못했지만, 내게는 전적으로 명백한 현실이었답니다. 난 동네 아주머니들이 우리 가게에 와서 지갑 사정에 따라 뭘 사 가는지 줄곧 보았지요. 어느 집 아주머니가 언제 정부 보조금을 '만지는지', 모르는 게 없을 정도였답니다. "난 모르는 게 아무것도 없었어요"라고 말하는 것은 물론 정확하지는 않아요. 하지만 그 사회가 나를 형성하는 세계 자체였던 만큼, 그것을 알기 위해 귀담아들을 필요조차 없었죠. 노동, 고용, 해고, 실업과 같은 단어는 자연스럽게 내 어휘의 한 부분을 차지했어요. 가게 옆에 있던 카페에서 그런 말들이 들려왔기 때문이죠. 이 두 공공장소는—우리는 사실상 가족적인 내밀한 분위기를 가져보지 못했어요—나를 둘러싼 환경이었고, 나는 그러한 사회적 환경과 빈곤이 빚어내는 다양한 형태의 현실 속에서 성장했습니다. 술에 취한 두 남자가 기억나는군요. 그때 난 그들이 그런 상태로, 내 또래의 아이가 있는 집으로 돌아갈 거라고 상상했답니다. 그건 너무 끔찍했어요. 너무도 부당한 일이었고요.

내 부모 자신도 노동자였습니다. 그들은 '마침내 거기서 빠져나오기'까지 엄청나게 고생했지요(그들은 하루도 빠짐없이 그날 번 돈을 헤아렸답니다. 불안 속에서……). 가게를 닫는 날은 절대 없었고, 미친 사람들처럼 일만 했죠. 겉보기에 그들은 하층민 중간계급에 속했지만, 근본적으로는 반(半)프롤레타리아, 반농민이었으며, 당신들끼리는 노르망디 방언을 사용했어요.[10] 그들이 기억하는 것은, 내 다른 모든 가족과 마찬가지로, 가난과 열두 살에 떠나야 했던 초등학교, 공장 혹은 인민전선[11]에 관한 것이었고, 그들이 그런 것들에 관해 말하면서 어떤 숙연한 감동을 표하지 않은 적은 한 번도 없었답니다. 공적으로든 사적으로든 그들이 더 열악한 삶을 사는 고객들에게 멸시의 태도를 보인 적은 결코 없었어요. 내 어머니는 자존심 강하고—어머니가 공장 노동자로 일하던 때, 작업반장이 "저애는 자기가 제우스의 허벅지에서 태어난 줄로 착각하고 있어!"라고 말하기까지 했다는군요—반항심 많은 여인이었어요. 지역의 거만한 '상류층'을 못 견뎌했죠. 나의 전 남편이 대혁명 시절이었다면 뜨개질하면서 국민의회의 토론을 지켜보던 여인들 사이에서 내 어머니를 찾을 수 있었을 거라고 말할 정도였답니다. 하지만 언제든 동네의 병자들이나 노인들을 돌보고 봉사활동을 할 준비가 되어 있던 매우 따뜻한 여인이기도 했어요. 다른 사람들보다 더 나은 '출신'이기 때문에 그 대가를 치러야 한다고 느끼는 것만 같았어요. 한마디로 어머니는 모든 단체 바깥에서 행동으로 실천하는 성실한 가톨릭 정신과 정의에 대한 열렬한 욕망의 혼합체였어요.

하지만 나는 같은 학교를 다니는 학생들 속에서 나와 다른 점들을 이내 발견했지요. 아직은 명백하게 사고하지 못하고 느끼기만 하는 나이였던 만큼 차이점들은 내게 부끄러움과 굴욕감에 대한 강한 인상을 남겼습니다. 아마 사립학교를 다니던 시절 내내 그랬던 것 같아요. 처음에는 출신 사회에, 다시 말해 부모가 가진 돈과 교양에 분명하게 연결되지 않지만, 스스로 부적격하다고 느끼는 개인적 부끄러움과 열등감과 고독의 양태로 사는 그런 상태 말입니다. 그 경우 우수한 성적은 승리가 아닌 일시적 놀라운 행운처럼, 일종의 비정상처럼 받아들여지죠. 아무튼 자신이 속해 있지 않은 세계에 있는 거니까요. 지배받는 사회에 사는 아이로서, 나는 어린 나이에 계급 투쟁의 현실을 지속적으로 경험했습니다. 부르디외[12]는 '남아 있는 흉터에 대한 과잉 기억', 즉 지워지지 않는 기억을 언급한 적이 있지요. 난 그 기억을 영원히 간직하고 있습니다.

『밖에서 쓰는 일기』와 『외적인 삶』에 담긴, 사람들을 바라보는 나의 시각 속에서 작용하는 것도 바로 그것이지요.

F. -Y. J.　당신의 좌파적 정치의식은 계급투쟁에 대한 자각에서 비롯되었군요. 그런데 당신이 종종 인용하는 마르크스, 랭보, 브르통(그러니까 짐작건대, 대학에서 습득된 지식이겠죠)의 '삶 바꾸기' '세계 변화시키기'와 같은 표현 또한 그런 성격을 지닙니까? 그렇다면 '계획' 되고 있는 것까지 포함한 당신의 작품을 총체적으로 고려할 때, 이 이중적 욕망 또한 당신의 작품세계가 본질적으로 겨냥하는 목표라고 할 수 있는지요?

A. E.　사회적 경험뿐만 아니라, 사회의식이 정치의식으로 자동 전환되는 경우는 없습니다. 루앙 고등학교 졸업반 시절, 베르티에 선생님이라는 훌륭한 스승의 영향을 받기 전까지는 이 세 가지가 아직 한 지점에서 만나지 않았다는 생각마저 들거든요. 몇몇 예외를 제외하고는 극도로 부르주아적인 학생들 앞에서, 선생님은 같은 시간에 직업교육 수료과정을 밟고

있거나 직업 훈련소에 있는 여자애들이 우리와 함께 교실에 있어야 한다고 냉정하게 말했어요. 그때가 1958년에서 1959년 무렵이었는데, 알제리 전쟁이 한창이었죠. 그리고 선생님은 어떤 가건물에서 사는 알제리인 대가족을 우리 학급 전체가 돌보는 일을 추진하기도 했습니다. 바로 그해 난 마르크스주의와 실존주의를 알게 되었어요. 시몬 드 보부아르의 『제2의 성』을 읽은 것도 그때였고요.

텔레비전이 거의 보급되지 않았음에도 불구하고─대신 신문을 훨씬 더 많이 읽었죠─그때 얼마나 정치가 화제의 중심을 차지했는지, 정치적 견해들이 얼마나 신랄하고 격렬하게 옹호되었는지 요즘 사람들은 상상하기 어려울 거예요. 1960년에 내가 문과대학에 입학했을 때, '알제리 정세'는 여전히 해결을 보지 못하고, '비밀 무장 조직(OAS)'[13]에 동조하는 단체 나부랭이들이 설치고 있었어요. 이런 상황에서 비정치성이란 불가능했죠. 실제로 조직에 가담하지는 않았지만, 내 정치적 입장은 '통일사회당'에 가까웠어요. 내가 처음으로 투표한 것은 1962년이었죠. 대선 때 난 망데스 프랑스[14]의 입장을 지지하여, 보통선거로 대통령을 선출하는 것에 반대하는 표를 던졌습니다(최근에 있었던 2002년 선거는 그가 틀리지 않았다는 것을 증명해줍니다).

F. -Y. J.　그런데 당신은 정치에 대한 관계 또한 문학을 통해, 특히 초현실주의를 통해 표출하지 않습니까? 초현실주의 '운동'을 공부하겠다는 당신의 선택과 연구에서 (물론 당신의 작품을 위해서) 당신이 간직하고자 하는 바는 무엇입니까?

A. E.　대학 시절, 정확히 말해 1961년과 1962년에 모리스 나도[15]의 『초현실주의 역사 *Histoire du Surréalisme*』를 통독하면서 초현실주의를 발견했습니다. 그것도 아주 열광하면서 말이죠. 나는 단숨에 초현실주의에 매료됐어요. 초현실주의는 문학과 삶에서 일으키는 총체적 혁명에 관한 하나의 전망이며, 보수적 이데올로기에 대한 거부입니다. 그리고 또한 격분이기도 하죠. 아라공[16], 브르통, 부뉴엘[17], 달리 등은 성(性)의 자유를 격렬히 주장했고 자본주의, 제국주의, 종교의 상징들과 공식 문학의 상징인 폴 클로델과 아나톨 프랑스를 구체적으로 공격했습니다.[18] 그러한 '상스러움'은 1960년대의 소

위 점잖은 사고방식과 근본적인 단절을 이루었죠. 그 시기에는 세게르스 출판사에서 내는 '오늘의 시인들' 총서 외에는 초현실주의 텍스트를 발견하기가 쉽지 않았어요. 「초현실주의 선언」을 읽기 위해서는 1963년 여름 '이데아 총서'가 출판되기까지 기다려야 했답니다. 난 이 책과 마르크스의 『공산당 선언』을 가지고 그해 여름휴가를 떠났어요. "마르크스는 세계를 바꿔야 한다고 말했다. 랭보는 인생을 바꿔야 한다고 말했다. 이 두 구호는 우리에게 오직 하나의 것이다"라는 브르통의 구절을, 물론 나는 당장 내 것으로 삼았지요. 이 두 선언이 내게 얼마나 강렬한 인상을 심어주었던지, 박사학위 논문과 지금 준비하고 있는 석사학위 논문을 위해 초현실주의를 선택했을 정도입니다.

그럼 이와 관련해 내 작업에 관해 말해보도록 하죠. 초현실주의가 표방하는, 소설에 대한 거부는 내게 큰 영향을 미쳤습니다. 전체적으로 볼 때 초현실주의가 내게 가장 깊이 각인시킨 것은, 다양한 텍스트 '모델'(「나자」가 여전히 나를 황홀하게 만드는 작품임에도 불구하고)이 아니라 언어를 통한 세계 재현에 영향을 미치려는 의지와 형태의 자유입니다. 브르통은 "사람들을 거리로 뛰쳐나가게 만드는" 책을 쓰기를 희망했지요. 「나자」는 나를 거리로 뛰쳐나가게 만들었어요. 그 모든 것, 그 자유와 탐구는 비록 내게 초현실주의자들의 서정주의나 시정(詩情)과 공통된 어떤 것도 있지 않음에도, 내 글쓰기의 본질에 존재하고 있습니다. 책에서 중요한 것은, 그 책들을 통해 자신의 내면과 외부에 일어나게 되는 어떤 것이라는 사실을 이 기회에 주장하고 싶군요.

F. -Y. J. 정치에 대한 당신의 입장은 문학세계에 대한 당신의 입장이 그렇듯, 명료하고 단호하며 선별적인 동시에 한걸음 뒤로 물러나 있습니다. 내가 알기로(내가 멀리 떨어져 있기 때문에 틀릴 수도 있겠지만) 당신의 '좌파 성향'의 감수성은, 다시 말해 당신의 극좌적인 감수성은—정치적 사건을 받아들이는 당신의 그러한 심정적 태도가 당신 책 속에서 무언중에 나타나긴 하지만—명백하고 전투적인, 사르트르 식의 참여(집단 탄원 같은)를 이끌어내지는 않습니다. 게다가 당신은 앞에서 "출신 계급을 변절한 처지에서, 정치적 행위로서 그리고 '헌납'으로서 내가 할 수 있는 최선의 일은 바로 글쓰

기라고 믿습니다"라고 했습니다. 정신분석과 관련하여 문제를 제기한 것과 마찬가지로, 당신에게 글쓰기가 참여적 성격을 띠고 참여를 대신할 수 있는 것인지 묻고 싶습니다.

A. E. 정치 참여의 가시성으로, 예를 들어 『르 몽드』 지(紙)[19] 기고에 의거한 정치적 입장 표명을 생각한다면, 당신이 받은 인상은 아마 정확할 것입니다. 하지만 내가 오히려 극좌에 위치하고 있다는 사실을 알고 있는 사람은 당신만이 아닙니다. 사실 나는 한 정당의 구성원으로서 정치에 참여한 적은 없지만, 집단 탄원서에 서명하고 행동에 가담함으로써, 예컨대 불법 이민자 후원을 비롯한 각종 비정규직 노동자 신분 합법화를 위한 여러 정치적 투쟁을 지지했으며 여전히 지지하고 있습니다. 1970년대에는 지젤 알리미의 '선택하기(Choisir) 운동'[20]에, 그 다음에는 '낙태와 피임의 자유를 위한 운동(MLAC)'에 가담하기도 했고요. 여성과 관련된 문제도 당연히 정치적입니다. 올해 초, 『르 몽드』 지에 피에르 부르디외에게 경의를 바치는 글을 쓰면서, 내가 정치적 행동을 하고 있구나 생각했습니다. 내가 판단하기로, 그는 최근 오십 년 이래 가장 위대한 지성이며, 대중매체에 편승한 것이 아니라 실제

로 참여한 지식인이거든요.

그래요, 일전에 내 출신 계급을 변절한 상황을 고려하면서, 글을 쓰는 것이야말로 정치적 행위로서 내가 할 수 있을 최선의 일이라고 했지요. 하지만 그 말을 통해 내 책이 정치적 참여를 대신한다거나, 그것이 내가 참여하는 형태라고 말하려는 의도는 없었어요. 내 생각에 글을 쓰는 것은 일종의 정치적 활동입니다. 다시 말해 글쓰기는 세상의 베일을 벗기고 변화시키거나, 아니면 정반대로 기존의 사회적·도덕적 질서를 다지는 데 이바지할 수 있는 활동입니다. 늘 내게 충격적인 것은 대중뿐 아니라 작가들과 비평가들에게 다음과 같은 확신이 끈질기게 남아 있다는 거예요. 즉 문학은 정치와는 아무런 상관이 없고, 작가의 상상계가 개입되는 순수 미학적 활동이라는 것, 그리고 아무리 작가의 바로 옆집에 사는 이들이 중산층이나 부유층으로 분류되어도, 작가의 상상계는 모든 사회적 결정을 비켜갈 것이라는 생각이죠.

'늘' 충격적이라는 말은 좀 지나친 표현 같군요. 스무 살에 처음으로 글을 쓰기 시작해서 문학 공부를 하던 몇 년 동안,

나 자신도 그렇게 믿었으니까요. 그때 나는 글쓰기에 대해 유아론(唯我論)적이며 반사회적이고 비정치적인 관념을 갖고 있었어요. 1960년대 초반부터 문학계에서 형태의 국면이, 즉 새로운 소설 기법의 발견이 강조되기 시작했다는 사실을 짚고 넘어가야겠군요. 다시 말해, 내게 글쓰기란 철저하게 아무 것도 사용하지 않으면서 삶의 즐거움보다 우월한 어떤 즐거움을 나 자신과 다른 사람들에게 제공하는, 아름답고 새로운 어떤 것을 만드는 것을 의미했습니다. 그리고 아름다운 것은 곧 '멀리' 있는 것, 바로 나 자신의 것이었던 그 현실에서 아주 멀리 떨어진 것과 동일시되었죠. 그런 식의 아름다움은 오직 지어낸 허구적 상황과, 구체적 맥락을 내동댕이친, 현실과는 동떨어진 감정과 감각으로부터만 나올 수 있습니다. 후에 난 이 기간을 '벽에 어린 빛 자국'이라 불렀죠. 그 시기에 내게 이상적인 것이란, 저녁 무렵 방 안 벽에 남겨진 햇빛의 흔적을 관조할 때 받는 감각을 내 소설 속에서 총체적으로 표현하는 것이었거든요. 아마 내가 생각한 것처럼 잘하지는 못했나봐요. '오후 다섯시의 햇빛'이라는 제목의 그 첫 텍스트를 출간하겠다는 출판사를 찾지 못했거든요.

그후에도 글쓰기의 정치적 기능에 대한 계시를 어느 순간 불쑥 받은 것도 아니거니와, 어느 정당에 등록하겠다거나 시위에 참여하러 가겠다고 결심하듯 갑자기 정치적 행위를 위해 글을 쓰겠다는 욕망을 갖게 된 것도 아닙니다. 아니, 나는 삶과 인식의 차원에서 험난하고 고통스럽기까지 한 도정을 거치면서, 점차적으로 이 명백한 사실에까지 도달하게 되었어요. 이 모든 설명이 지루하게 느껴질 수도 있을 거예요. 하지만 당신도 주목할 수 있었을 테지만, 사물들이 어떤 과정을 거쳐 거기 이르렀는지 이야기하지 않고는 그것들에 대해 말하는 게 내게는 불가능해요. 모든 것—존재들, 나, 내 생각—이 내게는 역사처럼 느껴지고, 또 실제로 그렇습니다. 스물세 살에서 스물일곱 살까지 사 년 동안, 난 아무것도 쓰지 않았어요. 비밀리에 한 불법 낙태수술, 지리적 차원에서의 뿌리 뽑힘, 노동세계로의 진입, 정규 교직, 출산, 아버지의 죽음……이러한 삶의 사건들을 통과하면서, 글쓰기에 관한 나의 관념 혹은 직관을 전복시켜버린, 문학과 현실 사이의 일종의 정면대결이라고 할 과정을 겪었습니다. 도식화하자면, 사회계층 구분이 엄연히 존재하는 현실, 나의 계층 이동(변질) 상황, 현실 감각을 마비시키는 문화 기능에 대한 자각, 그리고 나 자신과 관련하여, 문학에 대한 자각이 내 욕망을 완전히 수정해버렸습니다. 난 더이상 아름다운 무엇이 아니라, 실제적인 무엇을 우선으로 하고 싶어하게 되었지요. 글쓰기는 리얼리티— 어린 시절에 겪은 서민사회의 리얼리티, 출신세계와의 단절을 의미하기도 하는 새로운 문화 적응의 리얼리티, 그리고 여성의 성(性) 리얼리티—를 백일하에 드러내는 작업이 되었고요.『빈 장롱』을 쓰는 동안 그러한 시도는 내용과 글쓰기 모두에서 문학적인 것만큼이나 정치적 성격을 띠는 것처럼 느껴졌고, 그 사실은 어느 한순간에도 큰 소리로 외칠 필요 없이 내게 자명했습니다. 그것은 '비합법적' 언어 행위들을 운반하는 어휘와, 서민들이 구사하는 문장구조를 사용하는 아주 난폭한 글쓰기였지요.

피지배 세계의 문화

A. E. 내가 글쓰기의 정치적 성격과 그 시도에서 문제되는 것의 모든 중요성을 가늠하게 된 것은 『아버지의 자리』를 쓰면서입니다. 이 책에서 나는 피지배 세계 출신이지만 이제는 지배세계에 속하는 화자로서, 내 아버지와 피지배 세계의 문화에 대해 말하겠다고 나 자신에게 제안했습니다. 하지만 이 시도에 사회의 비참한 모습을 부각시키려는 경향과 민중주의에 빠질 커다란 위험이 내포되어 있음을 깨닫게 되었지요. 따라서 궁극적으로 이것은 내 아버지와 피지배 세계의 현실―이것은 객관적인 동시에 주관적입니다―을 보여주는 데 완전히 실패할 수도 있다는 위험을 내포하고 있습니다. 마찬가

지로 이 세계를 생소하고 이국적인, 소위 '밑바닥' 세계(현재 권력을 쥐고 있는 우파 정치인들은, 이 단어가 그들만의 독특한 의미로 사용된다는 의식 없이 뻔뻔하게 이렇게 이 세계를 규정짓죠)처럼 취급하는 사람들 축에 나 자신을 위치시키는 위험도 존재합니다. 그렇게 된다면 나의 출신을 두 번 배신하는 셈이 될 것입니다. 첫째는 학교문화에 적응함으로써 하게 되는 배신으로, 이것은 진정 내 책임이라고는 할 수 없는 것입니다. 그리고 둘째는 글쓰기를 통해 그리고 그 속에서 의식적으로 지배자의 편에 나 자신을 위치시킴으로써 범하는 배신입니다. 바르트는 어디선가 말한 바 있습니다. "글쓰기는 작가가 자기 언어의 본질적 성격을 어느 사회 영역에 위치시킬 것인지를 결정하고 그 영역을 선택하는 것이다."

나는 그러한 선택을 명료하게 인식했고, 그 인식은 나를 '거리 두고 글쓰기'로 이끌었습니다. 이미 우리는 이 문제를 다룬 적이 있죠. 나는 이 책 속에서 지배자들의 언어도구, 그 중에서도 특히 고전적인 문장구조를 채택하고 있는데, 내가 선택한 글쓰기는 그러한 언어도구를 사용하여 피지배자들의 관점을 문학 속으로 침입 혹은 난입시키는 것이라고 정의할 수 있습니다. 이렇듯 『아버지의 자리』는 이야기의 직조 속에 삽입된 단어들을 통해 내 아버지의 관점뿐 아니라 노동자와 농민이라는 한 사회계층 전체의 관점을 싣고 있습니다. 이 책에서 나는 인용부호를 사용함으로써—'단순한 사람들' '보잘것없는 사람들' 등—위계질서를 드러내는 언어 기능을 '겨냥' 했죠.

『집착』까지 포함해서 『단순한 열정』 『사건』과 같은 텍스트들에서 한 여성의 실제 경험에 속하는 것을 연구하고 그 베일을 철저히 벗기는 것이 문제가 되는 지점에서 글쓰기는 다시 정치적 성격을 띱니다. 그리고 이를 통해 여성에 대한 남성의 시선, 그리고 여성에 대한 그녀 자신의 시선은 변화를 겪게 됩니다. 여기에는 어떤 근본적인 국면이 존재하는데, 이는 정치와 매우 긴밀한 관계를 맺고 있어서 글쓰기를 어느 정도 '영향력 있게' 만듭니다. 이야기된 것과 자전적 '나'가 지니는 집단적 가치가 그것이죠. 나는 집단적 가치라는 표현을 '보편적 가치'보다 선호하는데, 왜냐하면 여기엔 보편적인 것이라곤 아무것도 없기 때문입니다. '나'의 집단적 가치, 텍스트가 제시하는 세계의 집단적 가치는 우리 각자의 의식이 삶 속에서 갖는 개별성의 한계나 경험의 유일성을 초월합니다. 그리고 독자에게 이것은 텍스트를 자기 것으로 만들고, 스스로에게 질문을 던지거나 스스로를 해방시킬 수 있다는 가능성을 의미합니다. 물론 이것의 많은 부분은 독서함으로써 얻는 감동을 통해 이루어지지요. 그리고 다른 것들보다 더 정치적 성격을 띤 감동이 존재한다고 말하고 싶군요……

그러고 보니 다른 어떤 주제보다도 정치에 관해 길게 말했군요. 하지만 이 주제라면 더 오래 이야기할 수도 있을 거예요. 내 작업, 다시 말해 내 글쓰기의 다양한 양상은 이러한 정치적 차원과 분리될 수가 없기 때문이죠. 즉 허구와 자전적 허구에 대한 거부가 문제되기 때문이며, 반복하는 말일 테지만 글쓰기가 '문학과 사회학과 역사 사이에' 위치한다는 점에서 글쓰기를 현실에 대한 탐구로 간주하는 나의 비전이 문제되기 때문입니다. 그리고 예컨대 슈퍼마켓, 파리 교외선, 낙태와 같이 흔히 문학의 품위를 손상시키는 것으로 간주되는 '대상들'과, 기억의 메커니즘이나 시간 감각처럼 보다 '고귀한' 대상들을 결합시키고 그것들에 대해 동일한 방법으로 글씀으로써 문학적·사회적 위계질서를 전복시키려는 욕망이 문제되

기 때문입니다. 그리고 무엇보다 문학이 한 세계에 대한 인식
이 될 때, 문학이 한 연구를 끝까지 밀고 갈 때 우리를 해방시
키리라는 확신이 내게 있기 때문입니다.

F. -Y. J.　당신의 그 말에는 예수 그리스도가 바리새인들에
게 한 설교 중 모든 종교적 맥락을 떠나 내가 마음 깊이 새긴
그 의미가 담겨 있군요. "진리가 너희를 자유롭게 하리라."

세계에 대한 이해와 해명

F. -Y. J. 당신은 매우 주의 깊고 정확한 독자입니다. 나는 다른 작가들이나 당신 자신의 텍스트에 대한 당신의 독해에서 어떤 명쾌함을 느낍니다. 당신이 인용하는 초현실주의자들이나 누보로망 계열의 작가들을 제외하고, 진실에 대한 당신의 탐구를 특징짓는, 당신이 말하는 것처럼 '칼로 베는 듯한' 정확한 글쓰기를 갈고 닦도록 당신을 이끈 과거의 작가는 누구였습니까? 혹시 몽테뉴나 루소입니까?

A. E. 어린 시절과 청소년기에, 그리고 그후로도 오랫동안 내게 독서가 의미하는 바가 무엇이었는지 처음부터 설명하고

싶어졌어요. 나 자신이 글을 쓰기 시작하면서 그 의미는 조금씩 사라졌지만 말이죠. 내게 독서는 올리버 트위스트, 스칼렛 오하라, 또는 그때그때 읽고 있던 연재소설의 여주인공이 되어, 책 바깥에서 몇 시간이고 쉬지 않고 상상력을 펼치던 다른 하나의 삶이었습니다. 그 다음에는 세계와 나 자신에 대한 이해와 해명이 되었고요. 열두 살에 축약본을 접한 뒤로 읽어본 적이 없던 「제인 에어」를 작년에 제대로 다시 읽게 되었어요. 그 책의 목소리이자 화자인 '나'를 통해 나는 내면 밑바닥에 침전되어 있던 뭔가를 발견하기보다는 오히려 나를 만든 뭔가를 재발견하는 듯한 설렘을 느꼈답니다. '나 자신을 다시 읽는' 듯했지요. 어렸을 때는 파렴치한 브로클허스트가 운영하는 기숙사에 내던져진 어린 제인의 이야기에 빠져들어 마냥 마음 아파했을 뿐이었는데, 이번 기회에 「제인 에어」의 텍스트 전체를 통해 사람들의 세상에 대하여 생각했어요. 책들이 나의 상상계뿐 아니라 문어(文語)의 습득과 나의 욕망, 나의 가치, 나의 성(性)에 남긴 흔적은 엄청납니다. 나는 정말 책 속에서 모든 것을 찾았어요. 그러고는 글쓰기가 그 뒤를 이어 내 삶을 채우고, 내가 과거에 책 속에서 추구했던 리얼리티를 연구하는 장소가 되었습니다.

「폭풍의 언덕」이나 「악의 꽃」뿐 아니라 델리[21], 엘리자베트 바르비에[22]와 그녀의 「모가도르 사람들 *Les Gens de Mogador*」, 크로닌,[23] 다니엘 그레이 등 어느 작가 가릴 것 없이 닥치는 대로 읽었어요. 이 점에 관해 내게 인상적인 것은, 내 존재의 형성과 나의 청소년기를 대변하는 것들에 영향을 미친 책들이 꼭 아름다움과 힘을 지닌 텍스트들이 아니었다는 겁니다. 「구토」나 「분노의 포도」처럼 큰 충격을 주었던 작품들을 제외하고, 그런 텍스트들의 가치를 알아보게 된 것은 더 자라서였어요. 아마 그 텍스트들은 소설들이 가졌던 영향력을 지니지 못했나봐요. 하지만 그토록 감동적이던 소설들도 이차적 해석을 위해 접근하는 게 아니라면 더이상 읽히지도 않을뿐더러, 그것들에 대한 추억조차 남아 있지 않아요. 오랫동안 나는 책이 아주 부족한 상황에서 독서를 했어요. 시립 도서관은 또 얼마나 거만하던지…… 한마디로 독서는 억압된 영역에 속했습니다. 책이 비싼 시절이었던데다, 『부끄러움』에서 추억하고 있는 것처럼 독서를 극도로 엄격히 통제하는 가톨릭 계통의 사립학교에 다녔던 탓이기도 하죠. 이처럼 설상가상으로 금서(내가 열두 살 때 어머니가 읽었던 모파상

의 「메종 텔리에 *La Maison Tellier*」 「여자의 일생」)까지 겹쳤
으니, 내 수중에 들어오는 책이면 무엇이든 읽고 싶은 욕구가
아마 열 배는 더 강해졌을 거예요. 요즘에는 상상하기 힘든 일
이죠. 특히 책을 구하기 어려운 상황 때문에 독서에 대한 욕구
는 정말 강렬했습니다. 이렇게 해서 열다섯 살 때 아티에 출판
사에서 '고전 시리즈'로 출간한 「고리오 영감」과 「파리의 노
트르담」 축약본을 읽었어요. 완본을 구할 수 없었던 탓이죠.
부분적으로만 베일이 벗겨졌을 뿐 텍스트의 많은 부분이 감
춰져 있었기 때문에 '구멍 뚫린' 독서가 불가피했고, 그 때문
에 행복과 욕구불만을 번갈아 느껴야 했답니다. 「고리오 영
감」의 축약본에 실린 발자크의 작품목록에서 「절대의 탐구」
를 발견했는데, 그 책을 읽고 싶은 욕망에 미칠 것만 같았어요.
그 책이 '고전 시리즈'에 없었던 거죠…… 결국 대학생이 되
고 난 다음, 스무 살이 되어서야 겨우 그 책을 읽을 수 있었습
니다. 오랜 기대와는 달리 아주 실망하고 말았지만 말이에요.

물론 처음부터 글쓰기 자체에 관심을 가졌던 것은 아니에
요. 대학에서 문학 공부를 시작하기 전까지는 형태와 내용을
결코 따로 생각한 적이 없었을 정도였으니까요. 한동안은 스

타인백이나 플로베르뿐 아니라 사르트르도 좋아했죠. 그리고 나중에는 브르통, 버지니아 울프, 페렉을 좋아했고요. 아직도 나의 관심을 끌고 여전히 내게 영향을 주는 것은 글쓰기의 유형보다는, 글쓰기가 실현하고자 하고 글쓰기를 통해 실현되는 계획인 것 같습니다. 그 계획이 내게 낯설게 느껴지면 아무런 관심도 생기지 않지요. 그래서 쥘리앵 그라크에게서 별 감흥을 얻지 못하고, 뒤라스에 대한 관심은 극히 미미할 정도죠.

F. -Y. J. 독서는 당신에게 글쓰기의 연장(延長)입니까, 혹은 글쓰기의 동력입니까? 역으로 질문을 드릴 수도 있습니다.

A. E. 곧바로 떠올린 내 대답은 '아니오' 입니다. 그런데 곰곰 생각해보니, '이제는 아닙니다' 라는 대답이 옳겠군요. 왜냐하면 내 인생의 어느 기간에, 정확히 스물에서 스물세 살 사이에 내가 처음으로 글을 쓰겠다고 다짐하고 실제로 그 일을 시작한 때, 당신에게 말했던 그 우스꽝스러운 소설(쇠유 출판사로부터 거절당했죠)을 쓰던 때, 독서는 내게 매우 고무적인 역할을 했습니다. 난 가능한 모든 방식으로 '문학 속에'

남기 위해—문학을 알고, 생활수단으로서 문학을 가르치고, 나 자신이 문학을 실천하기 위해—스무 살에 문학 공부를 시작했어요. 그 때문에 나는 두 가지 유형의 독서를 행했죠. 먼저 시험을 치르기 위해 의무적으로 해야 했던 독서가 있습니다. 하지만 난 필요 이상으로 더 많은 정성을 들였어요. 특히 플로베르에 관해서는. 그리고 그 당시에 출판되어 나오던 책들을 읽었죠. 『프랑스 문학 *Lettres françaises*』지를 정기 구독했고, 로브그리예의 「고무지우개 *Les Gommes*」, 솔레르스[24]의 「기묘한 고독 *Une curieuse solitude*」 또는 그 시절에 매우 유행하던 로런스 더럴[25] 등을 이브토 도서관에서 대출해서 읽었죠(이젠 용기 내어 그 도서관으로 들어갈 수 있어요). 한걸음 물러서서 그 시절을 돌이켜보면, 절대적으로 우월한 다른 세계처럼 보이는 것, 다시 말해 본질의 세계처럼 보이는 것 속으로 그때 내가 얼마나 깊이 빠져들었는지 알 것 같아요. 내가 알고 지내던 어떤 여학생도 나 같지는 않았어요. 난 나 자신이 글을 씀으로써 그 세계에 도달하고 싶었습니다(비록 아직 프루스트는 다 읽지 못했지만, 플로베르는 모두 읽었지요. 그의 서한집까지도 말이에요).

그후로 커다란 공백이 뒤따랐어요. 독서와 글쓰기를 모두 중단하고 중학교 1학년부터 공업 고등학교 졸업반까지 국어를 가르치게 되었지요. '나를 위해' 읽을 시간이 많지 않았어요. 다시 말해, 현대 작가들뿐만 아니라 내가 미처 읽어보지 못한 과거의 작가들도 수업 시간에 활용하지 않을 경우에는 발견힐 기회가 많지 않았어요. 글을 쓰고 싶은 욕구도 여전했지만 요원한 일이었죠. 아버지가 돌아가셨을 무렵, 급작스럽게 그 욕망이 어떤 구체적인 내용을 갖고 다시 나를 사로잡았어요. 그 전말은 앞에서 이야기했지요. 1972년에서 1973년 사이에 여러 종류의 위기와 각성을 거친 끝에, 그 일을 실천에 옮기게 됩니다. 그런데 그 시기의 내 각성에 문학이 한 역할은 아무것도 없었답니다. 1972년 초, 나는 내 인생에서, 글을 쓰겠다는 내 결심이 하나의 생존 문제가 되어버린 지점에 있었어요. 내가 계획한 글쓰기가 어떤 대가를 치르고라도 반드시 이루어야만 할 일이 된 거죠. 나 이전에는 결코 그것이 이루어진 적이 없었다는 거만한 의식과 함께 말이에요. 단도직입적으로 말해서, 내가 다루고자 한 것은 학업을 통한 피지배 세계에서 지배세계로의 이동이었는데, 그것이 내가 느끼던 것처럼 표현된 경우를 한 번도 본 적이 없었기 때문이죠. 그런데 어떤 한 권의 책이 그것을 공개적으로 말해보라고, 이를테면 나 스스로에게 허락했어요. 그 '이야기'와 과감히 맞서도록 나를 부추긴 것이죠. 소위 문학적이라고들 하는 그 어떤 텍스트도 나를 그런 식으로 종용하지는 못했답니다. 그 책은 부르디외와 파스롱의 『상속인들 *Les Héritiers*』이었고, 나는 그해 봄에 그 책을 발견했어요. 생각나는군요. 어느 날, 내가 살던 안시의 어느 서점에서 내가 가르치던 중학교의 도서관에 비치할 문고판 책들을 찾다가, 문득 내 계획을 실현하지 못하는 것에 대한 죄책감을 느꼈어요. 내 판단에 그것은 그 순간 내가 훑어보고 있던 몇몇 소설보다 훨씬 더 필연적이었어요. 그런 믿음이 없다면, 글을 쓰겠다고 애쓸 필요가 없어요. 같은 해에 나는 『빈 장롱』을 쓰기 시작했어요.

이 책이 나온 후, '글 쓰는' 여자로서 대중의 시선에 노출된 나 자신을 바라보면서(물론 파리에서 멀리 떨어져 있었고, 그런 시선은 매우 한정된 것에 지나지 않았지만), 그리고 계속 글을 쓰기로 결심하면서 나는 더욱 많은 책을 읽기 시작했어요. 가까운 과거의 작가들이나 동시대 작가들과 일종의 대화를 시작해야 할 것 같았고, 어쩌면 나 자신 또한 그 어딘가에 위치시켜야 할 것만 같았거든요. 내 책이 어떤지 나 자신은 전혀 알지 못했으니까요. 그렇게 해서 루이 페르디낭 셀린의 작품을 모두 읽었어요. 그전에는 그의 작품 가운데 「밤의 끝으로의 여행 *Voyage au bout de la nuit*」밖에 몰랐어요. 사람들이 나와 그의 글쓰기를 비교했기 때문이죠. 그리고 맬컴 라우리[26)], 샐린저, 카슨 매컬러스[27)]를 발견했고, 그들의 작품을 모두 탐독했습니다. 그리고 프랑스 소설가들 가운데, 좀더 동시대로 오면, 예컨대 로제 그르니에[28)], 이네스 카냐티[29)](「미치광이 제니 *Génie la folle*」 같은 그녀의 아름다운 작품들은 안타깝게도 마땅히 받았어야 할 대중의 호응을 받지 못했지요), 자크 보렐[30)] 등을 꼽겠어요. 나의 독서법은 많이 변했어요. 한층 비평적 성격을 띠게 되었죠. 다시 말해 거의 기술적(技術的)이 되었어요. 프루스트의 「잃어버린 시간을 찾아서」에 대해, 정확하게 기억나지는 않지만 대략 1978년에서 1982년 사이에 메모해둔 것이 있어요. 십오 년 전에는 그 작품이 '어떻게 만들어졌는지'에 대해서는 조금도 생각하지 않고 감정적으로, 완전히 감상적으로 읽었지만 이젠 그 구성에 더욱 민감하게 반응한다고 썼더군요.

F. -Y. J.　초현실주의와 브르통(당신은 「나자」를 인용했는데, 「미친 사랑」[31]도 덧붙일 수 있을 것 같습니다)과 당신이 비교될 수 있는 것은 소설에 대한 당신의 '거부' 혹은 포기를 통해서인 것 같습니다. 그렇지만 칼날을 세운, 감정의 토로도 은유도 없는, 당신의 광물성을 띤 글쓰기 측면에서 보자면, 당신은 전적으로 다릅니다(당신은 1984년에 "글을 쓰면서 감정적 동요에 나 자신을 내맡기지 않겠다"고 기록했습니다. 이 문장은 당신의 계획을 잘 정의하고 있다고 할 수 있겠고요). 초현실주의의 범위에서, 우리는 당신이 인용하는 레리스의 예도 떠올릴 수 있을 것입니다. 그의 시도 또한 당신의 것과 유사하다고 할 수 있겠지만, 그의 작품을 관통하는 것이 세계 속에 놓인 자신에 대한 임상적[32] 묘사보다는 몽환적 명상이라는 점에 비추어 볼 때,[33] 글쓰기라는 차원에서 그 역시 당신과는 전적으로 다릅니다.

A. E.　사람들이 문체라고 부르는 것, 즉 문장과 관계되는 요소에 한정해서 말하더라도, 작가들이 내게 미친 영향을 아주 정확히 풀어내기란 어려운 일입니다. 누구에 반(反)하여,

어떤 문학 형태에 반하여 글을 쓰는지 아는 것 또한 매우 중요할 것입니다. 이것은 오랫동안 내게 매우 중요한 문제였습니다. 그리고 아마 여전히 중요성을 띠는 문제일 것입니다. 하지만 다른 한편으로, 나는 문장구조, 리듬, 단어의 선택이 매우 심오한 어떤 것에 상응함을 확신하고 있습니다. 그 속에서 다양한 습득과정(학교에서 배우고, 그후로는 개인적 차원에서 차례차례 발견하게 되는 작가들의 고전적인 텍스트들)이 남긴 흔적과, 문학에 속하지는 않지만 글 쓰는 사람의 역사에 속하는 것이 서로 결합하지요. 나에 관해 말하자면, 초기에 발표한 책들 속에서는 격렬함이 과감히 전시되다가, 그 다음에는 절제되고 극도로 압축되어 마침내 내 어린 시절의 수면 아래로 잠겨들게 됩니다. 그걸 느낄 수가 있어요. 난 나의 내면에 제한된 코드를 지닌 어떤 언어가 완강히 버티고 있으며, 그것이 내 근원에 뿌리 내리고 있는 구체적 언어라는 사실을 알고 있어요. 그리고 내가 공들여 만들어 획득한 언어를 통해 그 힘을 재창조하려고 애쓰고 있고요. 내가 단어들에 부여하는 이미지는, 이미 말했듯 돌과 칼이에요.

반대로 내가 하고자 하는 것을 계속 추진해나가도록 고무시켜준 다양한 시도들이 있습니다. 초현실주의자들, 레리스, 시몬 드 보부아르, 페렉의 시도가 그것들입니다. 동시대 작가들 중에서는 특히 파스칼 키냐르,[34] 자크 루보,[35] 세르주 두브로브스키, 이탈리아의 페르디난도 카몬[36]을 꼽겠습니다. 과거의 작가로는 단연코 장 자크 루소를 꼽겠고요(다시 한번 그의 이름을 떠올리겠어요.「고백록」의 수많은 대목과,「고독한 산책자의 몽상」이 가지는, 엄밀한 의미에서의 글쓰기에 담긴 그 비할 데 없는 투명성을 내가 얼마나 찬미하는지 말하지 않을 수 없군요).

F. -Y. J.　문학적 사색의 동반자라고 할 수 있을 작가들에 대한 비평 에세이를 쓰고 싶다는 욕구를 느껴본 적이 있습니까?

A. E.　1977년 통신대학에 몸담게 되면서, 교양과정 학생들을 위한 문학 강의록과 '모범 답안' 작성을 맡은 적이 있어요. 그 다음에는 중등교사 자격시험 준비반을 위해서도 같은 일을 했죠. 그런 작업을 2000년까지 계속했는데, 작가들의 텍

스트에 엄격한 자세로 접근해야 했고, 그들에 대해 객관적으로 써야 했죠. 어렵지만 퍽 흥미로운 일이었어요. 인상주의적이거나 정서적 담론을 생산하는 게 아니었던 만큼 어려운 작업이었죠. 내가 특정 작가들―루소와 프루스트가 먼저 떠오르는군요―이나 특정 텍스트에 보내는 찬미는 오직 비평 방법론을 근거로 하는 지적 공략과 분석을 통해서만 받아들여질 수 있었어요. 그리고 그런 작업을 행하는 동안 나는 미처 의식하지 못한 채 텍스트와 비평가들과 줄곧 대화를 나누면서 글을 쓰는 누군가가 되어 있었지요. 당연한 것이겠지만, 아주 흥미로운 일이었어요. 그 속에서, 나는 작품들이 어떻게 받아들여지는지 그 분위기를 파악하는 저널리즘에 머물지 않고 블랑쇼, 바르트, 골드만, 스타로뱅스키[37], 뷔토르[38](그는 영향력 있는 소설가이기만 한 게 아니었어요) 등의 비평가들이 행하는, 한 작품의 리얼리티에 대해 '어떻게' 그리고 '왜'라는 질문을 던지는 비평을 했습니다. 야우스[39]의 수용미학에서 주네트[40]의 서사학에 이르기까지, 그 비평적 입장을 막론하고 모든 문학이론이 내 관심을 끌었죠. 나는 그러한 지식이 작품에서 뭔가를, 그게 무엇이든 간에 앗아간다거나 텍스트에 대한 내 취향을 '메마르게 한다'는 느낌은 한 번도 가져본 적이 없답니다. 그것을 통해, 흔히 문학인 것과 문학이 아닌 것을 분류하는 식의 담론들에 대해, 그리고 쿤데라의 에세이집 『소설의 기술 L'Art du roman』처럼, 문학에 관해 거의 신앙심에 가까운 전망을 제시하는 몇몇 에세이가 가하는 일종의 테러에 대해, 내 글쓰기를 통해 오히려 거리를 둘 수 있었고 자유를 얻게 되었어요. 하지만 그로 인해, 말하자면 개인적이고 자유로운 방법으로 작가들에 대해 글을 쓸 수 있는 시간도 그러고 싶은 욕구도 없어졌지요. 내가 작가들에 대해 비평을 쓴 것은 아마 세 번밖에 되지 않을걸요. 이제는 폐간된 『소설 Roman』지에 발레리 라르보[41]와 파베세[42]에 대한 글을 발표했고, 폴 니장[43]에 대해서는 『유럽』지에 발표했죠. 나는 이 마지막 두 작가가 나와 유사하다고 느낄 뿐만 아니라, 그들에게 유대감까지 느낀답니다. 모든 사람들이 니장의 「아라비아 반도, 아덴」과, 파베세의 「그 아름답던 여름」과 그의 일기를 읽었으면 좋겠어요.

F. -Y. J. 잡지에 발표한 이 텍스트들을 다시 책으로 펴낼 생각은 없습니까? 혹은, 예컨대 미셸 뷔토르가 한 것처럼 다

른 테마들에 대한 에세이를 쓸 생각을 해본 적은 없는지요?

A. E.　천만에요! 여기저기서 발표된 것들을 끌어모아 짜 집는 일은 하고 싶지 않아요…… 문학에 관한 에세이든 아니 든, 내겐 에세이에 대한 뚜렷한 취향도 없고요. 블랑쇼나『목록 *Répertoires*』을 쓴 뷔토르의 경우처럼, 아주 심오하고 엄격한 형태 아래 있는 비평 에세이만을 생각할 뿐이에요. 하지만 이 런 글을 쓰려면 한 작가에게 몰입해야 해요. 문학과의 계약이 라는 관점에서 볼 때, 이것은 자전적인 것까지 포함하여 가장 넓은 의미의 허구라 부르는 것과 많이 다르지 않은 것 같습니 다. 내 생각에, 내겐 그러한 관대함이 없는 것 같아요. 다른 사 람들이 내가 할 수 있는 것보다 더 잘할 거라고 믿고요.

이렇게 말하긴 했지만, 때로는 내가 읽은 책이나 작가에 대 해 자연스럽게 쓰게 되는 경우도 있지요. 하지만 오직 나만을 위해, 재미 삼아, 질문을 던지기도 하고 불만을 터뜨리기도 하 는 그런 글일 뿐이에요.

....

F. -Y. J.　당신이 쥘리앵 그라크의 계획과 관련하여 느끼는 거리감을 이해할 수 있을 것 같습니다(개인적으로 그를 좋아하지만, 어쨌든 그는 자기 소설에서만큼은 20세기나 21세기가 아니라 아직 19세기에 살며 창작하는 것 같아요). 하지만 뒤라스의 시도에서 당신이 이질감을 느끼는 것이 무엇인지는 명확히 설명해주었으면 합니다. 그녀의 글쓰기나 문장구조, 아니면 그녀의 개성이 주는 낯섦인가요? 혹은 글쓰기에 대한 그녀의 의도 자체의 낯섦인가요? 사실 언뜻 보기에는 당신과 그녀 사이에, 그 모든 차이점에도 불구하고 어떤 공통점들이 존재한다고 생각할 수도 있거든요. 당신과 마찬가지로, 그녀 또한 자신의 어린 시절과 성생활과 애인들에 대해 '과감하게' 말하고 자신의 삶을 책의 소재로 삼았죠……

A. E.　처음부터 난 내가 뒤라스처럼 글을 쓰지는 않을 거라는 걸 알았어요. 솔직히 말해, 당신이 나와 그녀 사이에서 공통점들을 발견했다는 게 좀 놀랍군요. 우리 둘 사이에서, 당신은 당신도 모르는 사이에 그 무의식적이고도 일반화된 경

향을 따르고 있었던 것은 아닌가요? 우선, 한 여성작가를 다른 여성작가와 즉각적으로 비교하는 그런 경향 말이에요. 반대로 한 남성작가를 한 여성작가와 비교하는 일은 드문 편이죠…… 마르그리트 뒤라스는 자신의 삶을 허구화하고 있습니다. 그와 반대로, 나는 모든 허구에 대한 거부에 나 자신을 걸고 있고요. 뒤라스가 시간과 공간을 처리하는 방식은 무엇보다 시적입니다. 마찬가지로 그녀의 글쓰기 또한 반복과 감정 토로 같은 주술성으로 인해 오히려 시에 속한다고 할 수 있죠. 우리 각자의 글쓰기는 그 리듬과 언어를 통해 서로 극도의 차이점들을 드러내고 있습니다. 우리를 구별시키는 가장 두드러진 지점이라면, 아마 그녀의 텍스트들 속에는 역사성과 사회적 리얼리즘이 없다는 점일 것입니다. 하지만 난 그녀의 작품들 가운데 특히 「태평양을 막는 방파제 *Un barrage contre le Pacifique*」를 아주 좋아하지요. 그리고 「고통 *La Douleur*」 「복도에 앉아 있는 남자 *L'Homme assis dans le couloir*」 「앙데스마스 씨의 오후 *L'Après-midi de Monsieur Andesmas*」 도 무척 좋아하고요.

F. -Y. J. 뒤라스의 세계가 일정하지 않은 것만은 분명합니다. 역사성과는 전적으로 동떨어진 지점에 있는 것도 사실이고요. 하지만 난 그라크처럼 뒤라스 또한 '문학 속에' 그리고 '글쓰기 속에' 위치시킬 수 있다고 생각합니다. 내 경우에는 좋아하는 작가들과 정말로 읽고 싶지 않은 작가들 사이에서 오직 한 가지 차이점만을 발견할 수 있는데, 그것을 증명해내기란 쉽지 않은 것 같습니다. 다만, 아무리 '문학'이 한마디로 정의내릴 수 없는 것이라 할지라도, 그 차이점이란 '문학'을 그 나머지 모든 것과 구별시키는 바로 그것이라고 말하겠어요. 그리고 구상만큼이나 문장의 수준, 문체의 수준에서도 그 차이를 직관적으로 설정하게 되는 듯합니다. 당신에게 중요한 것은 글쓰기 유형보다는 "글쓰기가 실현하고자 하고, 글쓰기를 통해 실현되는 계획"이라고 말했는데, 당신의 글쓰기 탐구를 특징짓는 그 독특한 엄격함이 무엇인지 이제 확인하게 되었습니다. 당신이 말하는 것을 고려해보면, 당신의 작업방식이 훨씬 잘 이해가 되는군요.

A. E. 예컨대 프루스트에게서든 레리스나 초현실주의자들에게서든, 작품과 그 작품의 글쓰기를 분리시키는 것은 실

제로 어려운 일입니다. 하지만 나는 한 작품의 배경, 그것이 겨냥하는 것, 그리고 그러한 목표가 지향하는 탐구의 유형—이것은 내 삶과 깊은 관련이 있어요—이 내게 문체보다 더 본질적인 성격을 띤다는 사실을 당신만큼이나 직관적으로 알고 있을 따름입니다. 샤토브리앙의 「무덤 저편의 기억 *Mémoires d'outre-tombe*」에는 시간에 관한 눈부시게 아름다운 구절들이 담겨 있어요. 하지만 그의 방식은, 다시 말해 그의 이미지와 삶의 작용 방식은 내게 전혀 중요하지 않죠. 반면 스탕달의 「앙리 브륄라르의 생애 *La Vie de Henry Brulard*」는 한없이 많은 것을 내게 말해줍니다. 프루스트에게는 약간 멋부리려는 흔적이 보이는데, 예를 들어 산사나무에 대한 묘사는 지나치게 우아한 태를 부리려 한 경향이 없지 않죠. 내 마음에 들지 않는 부분이에요. 하지만 「잃어버린 시간을 찾아서」를 건축하기 위해 그가 보여준 시도는 나를 완전히 매료시켜요. 가끔 나탈리 사로트[44]의 글쓰기가 좀 지루할 때가 있어요. 그렇지만 표면에 드러나지 않는 '암시적 대화'의 방법으로 사회적 삶 속에서 벌어지는 보이지 않는 승패의 긴장을 폭로하고 타인과의 관계에서 벌어지는 아주 사소한 움직임과 생각을 추적하여 궁지에 몰아넣으려는 욕망이 그녀의 작품 방향을 설정하고 있지요. 내가 보기에 이것은 근본적인 중요성을 띠는 것 같습니다. 초현실주의 운동을 내가 좋아하는 것은 총체적인 전복 때문이에요. 이것은 초기 텍스트들의 핵심을 차지하고 있죠. 아라공의 「리베르티나주*Le Libertinage*」[45]나, 〈황금시대 *L'Age d'or*〉[46]와 같은 영화들이 떠오르는군요. 특히 내가 브르통에게 영향받은 것은 그의 글을 관통하는 탐구, 정확히 말해 「나자」의 서두에 기록되어 있는 그 탐구입니다. 즉 "내가 무엇을 하기 위해 이 세상에 왔는지, 내가 어떤 독창적 메시지를 전달해야 하는지를" 알아내는 것이죠. 또한 그는 감수성이 어린 성찰을 끊임없이 실행했으며, 타협하지 않는 완강한 고집을 고수했습니다. 또다른 탐구는 레리스에게서 발견되는 것입니다. 레리스의 탐구는 언어를 통해, 즉 어린 시절로부터 솟아오르는 문장들과 단어들을 통해 실행됩니다. 나와 비슷한 점이라고 할 수 있지요. 하지만 우리 사이에는 분명한 차이점이 존재합니다. 내 기억 속에 떠오르는 단어들은 거의 언제나 타인들의 것이죠. 그러한 말들은 사회적이고 역사적인 어떤 것에 다가갈 수 있는 통로를 내게 제공해주고, 나로하여금 과거의 어떤 리얼리티를, 예를 들어 『어떤 여자』에 나오는 내 어머니의 문장들을 해독할 수 있도록 도와줍니다.

F. -Y. J.   당신이 로브그리예의 「고무지우개」를 떠올렸고
다른 곳에서는 뷔토르의 「시간의 사용 *L'Emploi du temps*」을
언급하기도 했으니, 부차적이긴 하지만 중요할 수도 있을 질
문 하나를 던지겠습니다. 누보로망은 20세기에 중요한 획을
그은 '문학 운동' 입니다. 당신은 이 가까운 과거의 문학과 어
떤 관계를 맺고 있습니까?

A. E.   나는 누보로망을 초현실주의보다 먼저 발견했습니
다. 영어 공부차 영국에 건너가 한 가정에서 아이들을 돌보던
시절이었죠. 핀츨리 도서관에서 책을 대출하다가, 영어를 공
부하는 대신 프랑스 현대문학을 읽게 되었습니다. 그러고는
이 년 동안 줄곧 그것에 관심을 기울였어요. 1962년 10월에
처음으로 소설을 쓰기 시작했을 때, 내가 아주 분명하게 내 자
리로 삼고 싶었던 것이 바로 누보로망이라는 문학 경향이었
답니다. 그것은 내게 하나의 탐구, 다시 말해 해묵은 허구와의
단절을 꾀하는 탐구로서의 문학 안으로 들어가는 것을 의미
합니다. 1962년 여름, 코스타리카 해변에서 내 친구 M.과 벌

인 격렬한 논쟁이 기억나는군요. 그때 그녀는 프랑수아 모리악의 「사랑의 사막 *Le Désert de l'amour*」을 읽고 있었어요. 난 그 소설이 아무런 흥미도 불러일으키지 않는 전통에 속한다는 사실을 기어이 증명해 보이려 애썼죠. 그리고 그녀에게 버지니아 울프의 「댈러웨이 부인」과 뷔토르의 「변경 *La Modification*」의 구조를 그 소설에 대립시켜 보여줬어요. 내 생각에 이 소설들이야말로 누보로망의 전조가 되는 작품이었거든요.

이렇게 맺어진 누보로망과의 관계는 클로드 시몽[47], 알랭 로브그리예, 나탈리 사로트, 로베르 팽제[48]의 글을 읽는 것으로 이어졌습니다. 그리고 1970년에서 1971년경, 그들 이후로는 이전 작가들의 방식대로 글을 쓰는 것은 더이상 불가능할 것이며, 글쓰기는 어떤 새로운 형태에 대한 탐구이지 결코 복제가 아니라는 확신을 갖게 되었어요. 그러한 생각은 공감대를 형성했고, 나중에는 거의 고정관념이 되었죠. 따라서 누보로망의 복제 역시 이젠 불가능한 것이었죠……

내 내면에 있는 여성으로서의 역사

F. -Y. J. 당신의 작품 제목들에서 '여자'라는 단어는 두 번 등장합니다. 이 두 권의 책이 매우 다른 내용을 다루고는 있지만요. 언젠가 나는 나탈리 사로트에 관해 강연한 적이 있습니다. 그런데 어느 날 그녀가 그 강연이 '여성적 글쓰기'라는 학술대회의 틀 속에서 이루어졌다는 사실이 안타깝다는 편지를 내게 보내왔어요. 왜냐하면 그녀는 자신을 넓은 의미의 작가로, 다시 말해 성 구분이 적용되지 않은 의미에서의 작가로 규정하기 때문입니다. 당신은 어떻습니까? 당신 자신을 무엇보다도 여성작가로 생각합니까? 아니면 중성의 '한 작가'가 되기를 원합니까?

A. E.　나탈리 사로트만큼이나 나 역시 '여성적 글쓰기'의 테두리 안에서 내 이름이 오르는 것은 원치 않습니다. '남성적 글쓰기'라 이름 지어진 분류, 즉 생물학적 성이나 남성적 스타일이 결부된 분류는 없잖아요. 여성적 글쓰기란 여성을 위한 여성문학이 따로 있다는 말입니다. 그런데 그렇게 말하는 것은 사실상 창작과 수용 양면에서 성의 차이를 어떤 근본적 결정요소로 취급하는 것을 의미하지요. 그런데 그 성 차이는 유독 여성들에게만 해당되죠. 그런 의미에서의 여성문학이 있기는 하군요. 여성지들이나 '할리퀸 시리즈'의 소설들(하지만 항상 여성들이 쓰는 건 아니죠!) 속에서 성행하는 것들이 그런 것들이지요. 이런 문학은 스테레오타입들을 만들어냅니다. 이것과 쌍을 이룰 만한 남성문학도 있긴 하네요. 스파이나 탐정 연재소설류, 혹은 제임스 본드와 같은 특수요원 이야기 시리즈를 들 수 있겠군요. 그렇지만 사람들은 이것을 '남성문학'이라고 부르지는 않잖아요.

하지만 난 사람들이 그들 자신의 역사를 통해 형성되었으며, 그 역사가 글쓰기 속에 살아 있음을 확신합니다. 그러니까

가족소설, 출신 환경, 문화적 영향, 그리고 물론 성과 관련된 조건이 그 속에 포함되겠지요. 내 내면에는 여성으로서의 역사가 있어요. 그런데 그 역사가 한 순수한 작가만을 내 작업대 앞에 남기고 사라져버리는 기적이 어떻게 일어날 수 있겠어요? 게다가 그 순수라는 개념이 참 묘하잖아요. 난 글쓰기의 현장에 있는 것은 아주 모호하고 복합적인 사물들이라고 믿는 편이거든요. 최근 미셸 뷔토르와 당신이 십일 년 동안 교환한 편지들*을 읽었습니다. 그때 난 남성작가들 사이에 주고받은 서신을 읽는다는 강렬한 느낌을 받았지요. 이 애기를 당신에게 한 적이 있죠. 뭐라고 정의하기는 어렵지만, 삶에 대한 그리고 글쓰기의 실천에 대한 어떤 남성적 방식이 그 편지들 속에서 투명하게 드러났거든요. 무중력 상태의 것들을 드러내는 무언가가 느껴졌다고나 할까요. 당신들은 여성 문인들과는 다른 역사 속에 있어요. 그렇다고 나의 여성사가 내 내면에 늘 의식적으로 존재하는 건 아닙니다. 물론『얼어붙은 여자』나『사건』에서처럼 탐구의 대상이 될 때는 예외이지만요.『사건』의 텍스트에서 내가 의도한 것은 그 제목에 잘 반영되어

---

*『거리에 관하여 *De la distance*』, Le castor Astral, 2000.

있어요. 그 무엇으로도 축소될 수 없는 여성으로서의 경험인 낙태를 보여주는 것은 어떤 증언을 남기는 것 이상으로, 그 시대와 사회와 신성의 척도를 측정한다는 의미를, 다시 말해 통과의례적 양상을 그 텍스트에 부여하는 것이지요. 그리고 그 책을 통해 기억과 글쓰기에 대한 경험 하나를 새로이 만들려는 의도도 있었습니다. 그 책의 거의 삼분의 일이, 기억하는 작업과 글쓰기와 그와 같은 작업 사이의 관계맺기에 바쳐졌으니까요. 여성 고유의 경험인 낙태가 더이상 수치스러운 행동으로 간주되어서는 안 된다는 의도도 있었죠. 내가 성공했는지는 확실하지 않지만요! 하지만 이 책이 불러일으킨 거북한 감정이 기존 관념에 동요를 일으키는 조짐을 보여준 것만은 사실이에요.

F. -Y. J.　그것은 여전히 좋은 징조로 남아 있습니다! 묘하게도 지금 이 순간에 깨닫게 된 것인데, 난 말이죠, 그 텍스트를 "그 무엇으로도 축소될 수 없는 여성으로서의 경험"을 담고 있는 이야기로 읽지는 않았습니다. 난 그것을 인간 본연의 이야기로 읽었고, 그런 의미에서 그 이야기는 내 체험과 동화

될 수 있는 것이었습니다. 비록 내가 여성의 육체를 갖고 있지 않기 때문에 사랑, 질병, 임신 등의 사건 속에서 한 여성이 생리적으로 경험하는 것을 여성이 쓴 글을 통해 간접적으로만 알 수 있을 뿐이지만…… 예를 들어, 크세노폰[49]이나 유르스나르[50]의 작품들이 환기시키는 낯선 장소와 생경한 시대 분위기에서 무언가를 체험하고 있음을 느끼거든요. 그와 같은 방식으로, 난 당신의 책을 어떤 보편적 경험의 탐구로서, 다시 말해 환치시키고 일반화시킬 수 있는 그런 차원의 경험으로 읽었어요. 그러니까 한 여성의 '내밀한 삶' 속으로 이렇게 파고드는 동안 하등의 '거북함'이나, 부당하게 침범하고 있다는 감정은 느끼지 않았다는 말이지요. 아마도 이것은 그 책이 글쓰기와 기억에 대한 경험이라는 사실에 부분적으로 기인하기도 할 것입니다. 즉 겉으로 드러나지 않는 '고고학적' 탐구(아니, 차라리 그러한 탐구가 병행되었다고 하는 게 옳겠군요)와, 여전히 가깝지만 오늘날과는 이미 너무 다른 한 시대, 즉 1960년대를 재구성하는 연습이 그대로 제시된다는 사실 말입니다. 당신의 체험 속에서 페미니즘은 어떤 자리를 차지했습니까? 이것 또한 남성의 측면에서는 상응되는 바 없는 경험인데요.

A. E. 우선 내게 페미니즘은 말〔言〕로서 존재하는 것이 아니었습니다. 내가 세상에 태어난 순간부터 그것은 경험한 어떤 육체, 어떤 목소리, 어떤 담론, 어떤 사는 방식들로서 존재했지요. 바로 내 어머니의 것들이죠. 읽고 싶은 것을 원하는 만큼 읽을 수 있는 자유, 여성적이라는 꼬리표가 붙은 일들의 전적인 부재, 바느질과 요리에 소질 없는 것, 여성의 학업과 물질적 독립의 중요성 등, 난 『얼어붙은 여자』에서 이 모든 것을 이야기했습니다. 어머니의 격한 성격과 아버지의 온유함 때문에 사회생활을 하면서 습득하게 되는 남성-여성 유형들에 대한 틀에 박힌 생각에 쉽게 적응할 수 없었어요. 하지만 그러한 고정관념들은 다른 어떤 것보다 강력한 힘을 발휘합니다. 난 내가 남자아이들과 함께 외출했을 때부터(내겐 남자 형제가 없었어요), 프로이트의 표현을 빌리자면 내 '암흑의 대륙'을 만났을 때부터 이미 그 사실을 알아차렸어요. 그리고 내 출신성분이 피지배 사회계층이라는 사실과 여자아이들에게 인위적으로 주어진 조건이 부과하는 이중적 무게가 내게는 무척 무거웠다는 사실을 힘주어 말하고 싶군요. 거의 파탄 지경까지 이르렀던 적도 있답니다. 그리고 보부아르를 만나

게 되었지요. 물론 실제로 만났다는 것은 아닙니다. 그녀를 본 적도 없고, 대화를 나눠본 적도 없으니까요. 내 초기 책들이 나왔을 때 그녀와 두 번 정도 편지를 교환한 적은 있지요. 다시 말해, 내가 열여덟 살 때 『제2의 성』을 통해 그녀를 만났다는 말입니다. 그때 그 독서 경험이 기억나는군요. 그해 4월에는 비가 자주 온 편이에요. 나는 그 책을 어떤 계시처럼 읽었답니다. 모호함과 고통과 불만 속에서 경험했던 이전 시절의 모든 것들이 돌연 해명되었어요. 그런 일을 겪고 나니, 깨달음 그 자체가 해결해줄 수 있는 것은 아무것도 없지만 해방과 행동의 첫걸음임이 분명하다는 확신이 섰던 것 같아요(종종 내 머릿속에 떠오르는 프루스트의 구절이 있어요. "사방 벽 속에 고립된 삶에 하나의 출구를 뚫어주는 것은 지성이다"). 최근에 보부아르의 그 책이 내게 미친 영향을 가늠할 기회가 있었어요. 고등학교 졸업반 철학수업 시간 이래 다시는 그 책을 읽지 않았는데도, 그 책의 페이지들을 넘기다가 "레즈비언들은 쉬운 길을 택하는 것이다"라는 구절이 적힌 곳을 바로 찾을 수 있었죠. 이제는 그 구절의 오류를 인정합니다. 하지만 1989년의 내 일기장에 한 글자도 틀리지 않고 그 문장을 적어놓았지요. 그 당시 나는 그것이 보부아르에게서 온 것이라는 사실을,

삼십 년 전의 해묵은 독서에서 온 것이라는 사실을 한순간도 생각하지 못했답니다.

어떤 의미에서는, 어머니가 제공하는 삶의 모델과 보부아르의 텍스트가 하나로 모여 내 내면에 어떤 살아 있는 페미니즘의 뿌리를 내렸던 것 같아요. 나의 페미니즘은 아직 관념화조차 되지 않은 상태였지만, 내가 비밀리에 불법 낙태시술을 받아야 했던 그 조건들로 인해 강화되었다고 할 수 있습니다. 1964년의 내 석사학위 논문은 초현실주의 속에 나타난 여성에 관한 것이었고, 나는 부록으로 첨부되는 연구 텍스트로서 모파상의 「여자의 일생」(잔 라마르의 일생 말이에요. 최악의 비탄이 담긴 이야기이긴 하지만)과 버지니아 울프의 「파도」를 선택했어요. 난 이 작품을 정말로 좋아하고 찬양했답니다. 그리고 1966년 여름에 내가 세운 여러 글쓰기 계획 가운데 하나가 '한 여성의 삶'을 그리는 것이었어요(이것은 오랫동안 잊고 있었던 사실인데, 아주 최근에 일기를 읽다 발견했죠).

언젠가 말했던 것처럼, 나는 '선택하기 운동' 협회의 중심에서 열성적으로 활동했고, 이어서 1972년에서 1975년까지는 '낙태와 피임의 자유를 위한 운동'에 적극적으로 가담했습니다. 자연스럽고도 자발적인 결정이었어요. 하지만 파리에서 멀리 떨어진 지방에 살고 있었고, 역사와 유리된 채 여성의 본질을 주장하는 페미니스트 담론을 거부한 탓에 '여성해방운동(MLF)'[51]과 같은 단체들하고는 거리를 두고 있었죠. 아니 르클레르의 소논문 「여성으로서의 발언」 속에서 나 자신의 모습은 전혀 찾을 수가 없었어요. 더 일반적으로 말해서, 여성적인 것을 찬미하는 어떤 문학적 서정주의에 대해서도 공감할 수 없었죠. 이것은 민중을 찬양하는 민중주의에 대응한다고도 할 수 있을 것입니다.

이 주제에 대해 내가 꽤 길게 쓰고 있었군요. 하지만 아직 해야 할 얘기가 많은 것 같습니다. 예를 들어, '단어를 사물처럼' 다루고 논평 없이 사실에만 근거하는 구체적 언어와, 피지배 사회 속에 뿌리를 두고 있는 내 글쓰기에 담긴 어떤 격렬함은 페미니즘을 지향한다고 할 수 있어요. 그런데 그런 이유로 『단순한 열정』이 반(反)감정소설로 간주될 수도 있을 것입니다. 어떤 의미에서 이제는 사회적 변절과 여성이라는 두 상황의 겹침이, 여성들이 무엇을 쓰고 행하는지 늘 '감시'하는

사회와 문학비평에 대적할 수 있는 힘과 대담성을 내게 부여
해준다고 말하겠어요. 여전히 여성작가들을 여성이라는 성으
로 분리시켜 지칭하는 것에 주목해주세요. 사람들은 이렇게
말합니다. "오늘날의 여성들은 성에 대해 발언하는 대담성을
지니고 있다" "여성문인들이 남성문인들보다 더 많다"(이것
은 사실과 달라요) 등등. "오늘날의 남성문인들이 이러저러한
책을 출판한다" 혹은 "남성문인들이 올가을의 문학상들을 휩
쓸었다"는 식의 언급은, 그런 일이 실제 일어나는데도 어느
신문이나 방송에서도 하지는 않잖아요. 다른 영역과 마찬가
지로 문학의 장 내부에서도 성 투쟁이 일어나고 있으며, 나는
일명 '여성적 글쓰기'나 여성들의 글쓰기가 가지고 있는 대
담성을 전면에 내세우는 것은 점점 더 많은 여성들이 문학에
접근하는 현상에 대한 남성들의 무의식적 전략이자 그 동안
있어온 수많은 전략의 연장일 뿐이라고 생각합니다. 말하자
면 자신들이 '여성적'이라는 형용사의 수식을 받지 않는 그
자체로서의 '문학'을 장악함으로써 여성들을 배제시키려는
것이죠.

F. -Y. J. 몇몇 남성이 당신의 글을 읽는 데서 느끼는 '거북
함'은 당신의 계획에 포함되어 있는 부분입니까? 좀더 정확
히 말하자면, 내 질문은 사람들이 그렇게 느끼도록 의도적으
로 부추기는 것인지, 아니면 그와 반대로 그러한 반응이 당신
의 마음을 혼란스럽게 하는지 궁금합니다. 남성들이 여성들
에 대해 그렇게 하듯, 에로틱한 차원(하지만 이것은 대부분
임상적 차원과 관련되지요)까지 포함하여 남성에 대해 말하
는 자유를 누림으로써 사고방식을 발전적으로 변화시키는 것
이 당신의 관심사에 속합니까?

A. E. 당신이 환기시키는 그 거북함이라는 게 어떤 것인지
모르겠군요. 설사 그러한 반응이 존재한다 하더라도, 난 그렇
게 느끼도록 선동하려 들지는 않아요. 내가 글을 쓸 때 생각하
는 것은 남성들이나 여성들이 아니라, 내가 글쓰기를 통해 포
착하고자 하는 '사물의 리얼리티'이기 때문이죠. 어쨌든 여성
이든 남성이든 우리 모두가 생각의 도식, 즉 문화의 맥락 안에
서 역사적으로 구성된 제반 상상계 속에 사로잡혀 있고, 그것
들이 여성과 남성에게 서로 다른 언어와 역할을 할당해준다
는 점에서 그러한 혼란스러움이 놀랍지는 않군요. 비록 내가

그러한 반응을 일부러 자극하려 하지는 않지만, 그것이 불쾌하지도 않고요. 내가 보기에 그것은 반드시 있어야 할 어떤 혼란이 일어나고 있다는 징조니까요. 얼마나 오랜 세월 동안 여성들은 남성 위주의 문학이 남성과 여성과 세상에 대해 정당하게 표현한다고 생각해왔던가요? 이젠 남성 측에서, 여성에 의해 만들어진 어떤 문학의 표현들을 그들의 것처럼 역시 '보편적'이라고 인정하는 노력을 기울여야 할 것입니다. 어쩔 수 없이 오랜 시간을 필요로 하겠지만요…… 요즘 남성들은 이젠 너무도 명백해져버린 고정관념들을 자신들의 소설에 더이상 사용하지 않고도, 이제는 확고해진 남성들의 권력과 자유, 다시 말해 보편적인 것을 말할 수 있는 그들의 능력, 그것도 오직 그들만이 갖고 있을 그 능력에 대한 확신을 자신들의 소설을 통해 여성들 사이에 조용히 전파하고 있으니까요. 이러한 남근 중심주의적 형태 가운데 가장 심하게 과시되는 것들—미셸 우엘벡[52)]이 생각나는군요—이 반드시 최악의 경우라고 할 수는 없습니다. 그런 것들 중에는 아주 호감 가는 것들도 있으니까요. 이런 작품들에는 여성까지 포함한 개인들이 생각하고 느끼는, 가장 뿌리 깊고 오래 버텨온 방식들 속에 남근 중심주의적인 형태가 용해되어 있지만 겉으로는 드러나지 않지요. 이런 식으로 여성들은 내 책들의 '외설스러움'이나 '감동의 부재' 때문에 거북하다고 생각하는 것입니다. 남성들이 쓴 텍스트에 대해서는 그런 비난을 가할 생각을 하지 않고 말이죠.

이중적 외설

_F. -Y. J._ 요즘 당신은 기자들(대부분이 남성이지요)의 조롱을 받고 있습니다. 그런 의도적 비판이나 '마녀사냥' 식의 비방에 어떤 방식으로든 대응하고 싶다는 생각이 들지는 않습니까? 당신의 가장 최근 책들 속에서 터부를 건드렸다고 생각합니까? 당신 생각에 거기에서 어떤 위반을 저질렀는지요? 있다면, 무엇에 대한 위반일까요?

_A. E._ 『아버지의 자리』가 나왔을 때 그런 일은 은밀하게 이루어졌죠. 그 다음 『단순한 열정』이 나왔을 때는 아예 공개적이었고요. 특히 매체 권력을 차지한 파리 사람들과 남성들이

주축이 되어 내가 쓰는 것에 반대하여 비판적인 감정을 폭발시켰죠. 내 글의 내용과 글쓰기 방식에 반대해서요. 사람들이 나에 대해 비난하는 것은 사회와 성(性)이라는 두 차원에서의 이중적 외설입니다. 『아버지의 자리』 『어떤 여자』 『부끄러움』과 같은 책들에서뿐 아니라 『밖에서 쓰는 일기』에서까지도, 내가 민중주의(populisme)를 피해가면서 조건과 문화의 불평등을 소재로 텍스트를 구성하기 때문에 사회적 외설이라는 것이지요. 차라리 민중주의라면 얼마나 안심하고 수용할 수 있겠어요…… 『단순한 열정』은 어느 원숙한 여인이 사춘기적 방식으로 '로맨스'처럼 체험한 열정을 정확하고도 차분하게 묘사한 소설인데, 그것이 화약에 불을 붙인 격이 되었죠. 거기에는 아무런 감정적 동요, 이를테면 비통함과 같은 정서적 흔적도 없었고 사람들이 흔히 여성의 글에서 기대하는 '로맨스'도 없었기 때문에, 그들에게는 그 책이 성적인 외설인 셈이었던 거죠. 게다가 장르상의 위반까지 있었어요. 자전적인 이야기였는데도 아주 짧은 시간에 걸쳐 임상적으로 작성되었을 뿐이죠. 사람들은 나를 '철없는 여자애'로 취급했고, 내 책을 '잡지 『우리 둘』에나 실려 마땅한 연애 가십' 정도로 생각했어요. 꽤 그럴듯한 말입니다. 그것은 민중계층과 통속문학, 그리고 내가 속해 있는 성에 내 존재를 빗대 이야기하는 아주 부당한 이중적 비방이었어요(이렇게 말한 사람들은 스스로를 좌파라고 일컫는 자들이었답니다. 자신들의 은밀한 계층 멸시를 그런 식으로 드러내고 만 셈이죠). 내 생각에 몇몇 소수의 비평가가 나에 대해 용서하지 않은 것은 사회현상과 성적인 것에 대해 글을 쓰는 방식이었던 것 같아요. 말하자면 육체의 언어와 글쓰기에 대한 숙고를 혼합시키고, 소르본 대학 도서관과 초대형 쇼핑몰이나 파리 교외전철에 대해 똑같은 관심을 보임으로써 지적이고 예술적인 품위라고 할 글쓰는 태도를 견지하지 않는 방식 말입니다. 그것이 그들에게는 폭력적으로 느껴진 것이죠……

공격은 점점 더 성차별주의적 양상을 띠게 되었어요. 하긴 프랑스 사회에서 그런 일이야 늘 일어나는 일 아닌가요. 여성작가들이나 내가 쓴 책에 대한 글이 남성작가들이 쓴 책에 대한 글과 같을 리는 없죠. 뿐만 아니라 언론이 종종 이름만으로 나를 지칭했던 것처럼 남성작가들을 성 없이 이름만으로 부르는 일도 절대 없고요.

F. -Y. J. 비록 당신의 책을 대하는 언론의 태도가 종종 별 가치 없는 부수적 현상에 지나지 않고, 혁신적인 작품은 언제나 아주 강한 저항을 유발한다는 사실은 알고 있지만, 그렇다고 우리가 어떤 가혹한 비판으로부터 상처받지 않고 벗어날 수는 없는 것 같습니다. 이것은 앞으로 나아가기 위해, 그리고 당신이 감행하는 그 '탐험들'을 성공적으로 이끌기 위해 치러야 하는 대가일까요? 당신은 그러한 상황에 민감한 편입니까? 그런 일들이 마음에 큰 상처를 주나요? 아니면 반대로 그 길을 계속 나아가면서 더 깊이 파 들어가도록 당신을 고무시킵니까?

A. E. 이미 오래전에, 그런 가혹한 비난을 받게 된 바로 그 순간부터 난 그것들에 무관심해졌어요. 열여덟 해 전 『리베라시옹』지에서 『아버지의 자리』에 관한 멸시가 담긴 문장 하나를 읽으면서 괴로워했던 기억이 나는군요. 거만하긴 하지만 대수롭지 않은 문장이었죠. 이제 그런 일은 절대로 일어나지 않아요. 대중매체의 몇몇 문학담당 세력에게 멸시받고 모욕당하는 것을 논리적으로 이해할 수 있을 것 같다고 말해야겠군요. 그런 것들은 내가 글을 쓰는 과정에서 나를 더욱 단련시

켜줄 뿐이지요. 적어도 아주 단순히 작가가 그 세력권에 속해 있고 지속적으로 속하리라는 보증을 보여주지 않는 한(잡지들에 기고하고 심사위원이 됨으로써), 그들은 자신들을 거스르는 책에 대해서는 절대 칭찬을 하지 않아요. 그런데 내가 쓰는 글이 아주 다양한 영역에서 문화적으로 매우 상이한 독자들의 메아리를 듣지 못하고 관심을 받지 못한다면, 아마 난 다른 사람들보다 더 쉽게 상처받을 거예요. 어쩌면 오만한 유아독존 식의 태도 속에 웅크리고 있을지도 모르고요. 정말 나를 정당하게 평가받지 못한 주변부 작가로 내몬다면, 그것은 내 책을 읽는 모든 사람들에 대한, 내 텍스트를 연구하는 교수들과 학생들에 대한 모욕이 될 겁니다. 얼마나 많은 사람들이 나의 이러저러한 책을 읽은 뒤에 자신이 더이상 혼자가 아니라는 느낌을 갖게 되었으며, 내 책들이 자신의 삶에서 중요한 의미를 지니게 되었다며 내게 말하고 편지를 보냈는지…… 이에 대해 더 길게 말하지는 않겠어요. 너무도 강렬하고 벅찬 감격이지만, 또한 아주 내밀한 부분이기도 하니까요. 글쓰기가 주는 기쁨 가운데 가장 강렬한 것이 뭔지 아세요? 누군가 내게 "당신은 바로 내 이야기를 하고 있어요" 또는 "이 책은 바로 나예요"라고 말할 때랍니다.

위험에 대해 말하자면, 그래요, 난 언제나 위험한 글을 쓰고 싶어했어요. 그리고 그 계획에는 단순히 쓰는 것에 그치는 게 아니라 출판까지 포함되어 있고요. 하지만 그것은 다른 위험에 비하면 아주 경미할 뿐이랍니다. 일종의 사치라고까지 할 수 있는 것이죠.

자신의 삶을 쓰고,
자신의 글쓰기를 살다

F. -Y. J. 어떤 독자들은 삶과 작품 사이에 생겨나는 혼합물에 몰두합니다. 그러한 경향과 마주하여, 그리고 모든 외양적 측면에서 요즘의 당신 책들에는 어떤 허구도 들어 있지 않음에도(어쨌든 이니셜을 사용하거나 글자 순서를 바꾸어 지명을 표시하긴 하지만) 당신은 프루스트처럼 이렇게 말하겠습니까? "그것을 쓴 사람은 어떤 다른 나일까? 다른 시간성 속에, 일상적 삶의 공간과는 다른 어떤 공간에 있을, 글을 쓰는 또다른 나일까?"라고 말입니다. 당신은 『집착』에서, "나는 늘 내가 쓴 글이 출간될 때쯤이면 내가 이 세상에 존재하지 않을 것처럼 글을 쓰고 싶어했다. 나는 죽고, 더이상 심판할 사람이

없기라도 할 것처럼 글쓰기"라고 썼습니다. 하지만 과연 누가 심판을 피해갈 수 있을까요?

A. E.　그 역설에 대해 자세히 설명해보겠습니다. 하지만 충분한 해명은 되지 못할 듯싶군요. 한편 난 레리스처럼 '황소의 뿔'이 필요하다고, 다시 말해 글쓰기를 행하면서 어떤 위험을 무릅써볼 필요가 있다고 느낍니다. 앞서 그 위험에 대해서 은연중에 암시한 바 있어요. 그 위험이 가지고 있는 특성이 상상적이긴 하지만 나의 글쓰기를 실질적으로 '이끄는' 것이라고요. 내 책 속에서 '나'라고 말할 때, 모든 허구화 작업을 거부하고 '나'라는 단어를 나라는 개인과 명시적으로 연결시킬 때 그 위험을 느낍니다. 내가 열두 살 때 보았던 아버지의 광기 어린 행동을 환기시키는 것은 어려운 일이었어요. 정확히 말해 '위험한' 일이었지요. 난 오랫동안 결코 그렇게 하지 못하리라고 상상했습니다. 하지만 어느 날 해냈어요. 그렇기에 거기서 문제되는 것은 바로 '나'라는 사실이 명백해지겠지요. 예를 들어 '탐닉'이라는 제목으로 출판된 나의 내면일기를 다시 읽으면서 그것이 그 시절 내 모습이었고 어쩌면 많은 측면에서 여전히 내 모습이기도 한 여인의 이야기임

을 아는 것도 마찬가지라 할 수 있지요. 하지만 다른 한편으로는, 글쓰기가 일종의 육화(肉化)처럼, 다시 말해 체험에 속하며 '나'에 속하는 어떤 것이 전적으로 나라는 개인 바깥에 존재하는 어떤 것으로 변화하는 것처럼 느껴지기도 해요. 정신적 영역에 속하며 그 때문에 타인들에 의해 동화될 수 있는, '이해 가능한' 무엇으로의 변화 말이에요. 그 의미를 가장 효과적으로 비유하자면, 마치 새로 얻은 신체기관이 원래 자신의 것처럼 자연스럽게 기능하는 그런 경우라고나 할까요. 그러한 현상은 『집착』을 쓸 때 아주 선명하게 나타났어요. 난 글을 쓰고 있던 바로 그 순간에 이미, 텍스트 속에 있는 것이 나의 질투심이 아니라 그냥 질투심일 뿐이라는 사실을 느꼈고 또 의식하고 있었어요. 즉, 그 감정이 추상적이면서도 느껴질 수 있고 이해될 수 있는, 그리고 아마 다른 사람들이 자신의 것으로 받아들일 수 있을 그런 것임을 느꼈던 거죠. 하지만 그러한 질적 변화는 저절로 이루어지지 않습니다. 글쓰기에 의해 생성되죠. 내 거울을 들여다봄으로써가 아니라, 자신의 바깥에 있는 어떤 진실을 탐구하는 글쓰기 방식을 통해서 말이죠. 그리고 그 진실은 나 개인보다, 나 개인의 근심보다, 사람들이 나에 대해 어떻게 생각할 것인가에 대한 근심보다 더 중요합

니다. 내가 위험을 무릅써서 얻어낼 가치가 있는 것이며, 내가
위험을 무릅쓸 것을 요구하는 진실이지요. 아마 이것이 그 역
설을 뛰어넘는 한 방법이 아닐까 싶어요. 난 오직 그 위험을
대가로 치르고서야 그 진실을 얻은 게 아닐까라는 생각까지
들어요……

F. -Y. J. 언젠가 당신은 텍스트를 구상하고 실현해나가는
작업에 그 시점의 삶이 어떻게 작용하는지 설명하기란 어려
운 일이라고 말한 적이 있습니다(어쩌면 일상적 삶과 글쓰기
사이의 상호작용에 대해서라고 말할 수도 있을 듯하군요. 글
쓰기가 역으로 삶을 변화시키기도 하기 때문이죠). 당신은 레
이먼드 카버[53]의 말을 인용하기도 했습니다. "조그만 아파트
안에서는 아이들이 장난을 쳐서 글을 쓸 수가 없었고, 단편을
쓰기로 선택한 것은 하나의 긴 텍스트에 오래 집중할 수 없는
상황에 따른 것"이라고 설명한 인터뷰 내용이었지요. 보세요,
인터뷰가 얼마나 유용한지! 그리고 당신은 이렇게 덧붙였습
니다. "일상과 글쓰기 사이의 상호침투에 대해, 그것들 사이
의 갈등에 대해 그닥 얘기하지는 않았지만, 그것이 내 삶에서

도 어떤 시기에는 너무도 격렬했다는 사실에 주목해주기 바랍니다!" 아마 그러한 상황은 현대 예술가들의 존재 조건에 내재한, 다시 말해 생계 유지를 위한 직업과 예술과 일상적 삶을 동시에 모두 정면으로 대처해야 하는 '형벌'(이것은 또한 행운이기도 하지요)에 내재한 근본적 문제가 아닐까요? 당신의 탐험을 성공리에 이끌기 위해 당신으로 하여금 간결한 형태를 채택하게 만든 요소라든지 물질적 조건이 있다면 무엇을 들 수 있을까요?

A. E.　　난 카버의 작품들을 무척 좋아합니다. 인터뷰에서 그가 한 말은 내게 깊은 인상을 심어주었는데, 거기에는 아주 많은 이유가 있어요. 맨 먼저, 글쓰기와 관련하여 자신의 물질적 삶이 지니는 중요성에 대해 말하면서, 그러한 일상적 조건이 단편이라는 간결한 텍스트 형태를 선택하는 데 결정적으로 작용했다는 사실을 담담하게 지적하는 그의 태도를 들겠어요. 아마 그것이 유일한 결정요소는 아닐 것입니다. 하지만 그는 그 사실을 감추지 않지요. 프랑스에서는 그러한 주제를 은근슬쩍 피하려는 경향이 종종 있죠. 또 그는 글을 쓰면서 자신의 아이들까지 돌봐야만 했는데, 그 아이들이 떠들고 장난

치는 소리에 대해 솔직하게 말하잖아요(남성작가들에게서는 극히 보기 드문 일이죠). 그런데 그 소리들이 그를 집중하지 못하게 한단 말이죠. 이 말에 난 내 인생의 한 시절을 회상하게 되었어요. 스물두 살에서 마흔 살까지의 시기가 그때죠. 그때는 바깥에서 일(교직)을 하고 두 아이를 돌보고, 장을 보고 식사 준비를 하면서 글쓰기 작업을 병행해야 했는데, 정말 힘든 상황이었어요. 많은 젊은 여성들이 그런 것처럼, 나도 외양상으로는 전적으로 자유롭고 행복한 삶을 누리는 것처럼 보였고, 지금도 그런 모습으로 계속 살고 있어요. 그땐 언제쯤에야 두세 시간만이라도 조용히 글을 쓸 수 있을지 정말 알 수 없었지요. 설사 그런 시간이 온다 해도 또 언제 방해받을지도 몰랐고요. 그런 상황에서는 다른 세계 속으로 진정 빠져들지 못해요. 포기하지 않으려면 무엇보다 자기 자신과의 끊임없는 투쟁을 대가로 치러야 해요. 한편으로는 가정과 직장을 양립시켜야 했고, 다른 한편으로는 글쓰기 자체에 내재하는 난관과 부딪쳐야 했던 만큼, 나를 분산시키는 것이 여러 임무를 동시에 수행해야 하는 상황 때문인지, 글 쓸 시간과 힘과 능력이 내게 부족해서인지 도무지 판단이 서질 않더군요. 어떤 때는 글쓰기를 그만두면 내가 더 행복해질 수 있지 않을까, 내가 남편과 아이들, 모든 주변 사람의 삶을 망치고 있는 것은 아닐까 스스로에게 묻기도 했어요. 그렇지만 그들이 내 삶을 망치는 것은 아닌가 하고 생각해본 적은 없었답니다…… 그 시절에 오직 글을 쓰기 위한 목적으로 한 달 동안 집을 떠나 완전히 혼자 있어본 적이 두 번 있었죠. 꼭 그렇게 하고 싶었어요. 하지만 그때 난 죄책감을 느꼈어요. 아직 어리기만 한 내 아이들을 돌보면서 중등교사 자격시험을 준비하던 시절, 경미하게나마 경험했던 종류의 죄책감이었어요. 간단히 말하면, 난 여성들에게 가장 우선적으로 주어지는 일에 대한 환상으로부터, 다시 말해 내 가족과는 상관없는 활동에 몰두하는 것이 부당하다는 느낌으로부터 완전히 자유롭지 못했어요. 내가 그 시험에 합격하면 가족의 경제적 여건이 개선될 수 있는데도 말이죠.

그 뒤로 이혼하고 두 아들과 살게 되었죠. 아이들이 점점 더 독립적이 되면서, 1970년대 말에 시작했던 통신대학 강의만이 내 글쓰기 작업을 제약하는 유일한 장애물이었어요. 강의록 작성과 리포트 검사 작업이 많은 시간을 요구했지만, 내가 내 시간을 마음대로 조정할 수 있다는 것은 진정 사치나 다름없었죠……

여러 제약이 글쓰기 작업과 그 텍스트들의 출판 리듬에 다양하게 영향을 미쳤던 것은 분명합니다. 하지만 『아버지의 자리』에서부터 시작된 텍스트의 간결성에 대해서는 달리 말해야겠군요. 이 작품을 쓰던 시기는 내가 결혼생활을 마감하는 때와 맞물려 있는데, 그때부터 실은 더 많은 시간을 글쓰기에 바칠 수 있게 되었죠. 그러니까 내 텍스트의 간결함은 글쓰기에 대한 근본적 반성, 언젠가 설명한 것처럼 글쓰기의 변화에 따른 것입니다. 난 간결한 문장을 쓰기 위해 더없이 느리게 글을 쓰거든요. 어떻게 보면 그러한 숙고, 그러한 글쓰기 방식, 그러한 간결성은 물질적 조건, 다시 말해 이제 진정 내 것이 된 더할 나위 없는 자유의 산물이라고 할 수 있을 것입니다.

생계를 책임져야 한다는 필요성이, 그 때문에 시간을 빼앗기고 실제적인 글쓰기와 글쓰기 작업이 유발하는 강박 상태에 제대로 몰입하지 못하는 상황이 행운인지 저주인지는 판단하기 어렵군요. 선택의 문제인 것 같습니다. 자신이 쓰는 책으로 먹고살거나(초기에는 지극히 드문 일이죠), 국가(기금이나 정부 생활보조금)나 두 사람 몫을 버는 남편이나 아내 혹은 애인에 의해 부양되거나, 아니면 자기가 직업을 갖든지 선택을 해야죠. 내 생각에 이 마지막 해결책이 글쓰기의 독립과, 자율적인 문학의 장(場)을 위한 최대한의 자율성을 보장받는 데 더 많은 기회를 줄 것 같습니다. 하지만 문제는 단순히 거기에만 있는 것 같지 않아요. 자신의 글쓰기, 다시 말해 우리가 돈과 글쓰기와 맺는 관계 안에도 문제는 존재하는 듯해요. 즉 우리가 글을 쓰면서 독자들에게 기대하는 보상의 유형과 관련해서도 여전히 물질적 측면이 문제된다는 말이죠. 나는 가장 완전한 자유 속에서만 글을 쓸 수 있을 거라는 걸 일찌감치 깨달았어요. 사람들은 마감 날짜부터 장르에 이르기까지 어떤 것도 절대로 내게 요구할 수 없어요. 내가 아무런 구애 없는 평온한 상태에서 글쓰기를 계속하고 탐험과 그것의 불확실성을 더욱 좋아할 수 있었던 것은 늘 교직생활을 해왔던 덕분이죠. 이 직업은 내게 의무도 부과했지만 물질적 안정도 제공해주었거든요.

하루 종일 아무것도 하지 않고, 나 자신이 쓸모없다고 느끼는 것보다 나를 우울하게 만드는 것은 없다는 사실 또한 말해야 할 것 같군요. 뭔가를 늘 해야 하는 직업을 가져서 그런지

나는 내가 세상 속에서 젊은이들의 지적 형성에 직접적이고 즉각적으로 개입하고 있다고 느낀답니다. 그렇기에 아침나절 내내 백지 앞에서, 혹은 겨우 세 줄 정도 쓰면서도 허송세월했다는 고뇌를 느끼지 않을 수 있지요. 아무것도 하지 않기 때문에 나 자신이 아무것도 아닌 것 같아 의기소침해지는 사태를 피할 수 있단 얘기죠. 현재 쓰고 있는 것을 한동안 접어둬야 하는 상황은 진행중인 텍스트와 거리를 둘 수 있다는 점에서 내게 오히려 이로운 것 같아요.

F. -Y. J. 『탐닉』에는 "나는 내 사랑 이야기를 '쓰고' 내 책들을 '살고' 있다"는 구절이 있습니다. 자신의 삶을 글로 옮기는 일과 글 쓰는 과정을 사는 것 사이의 그 영원한 빗나감과 역설적인 만남은, 엘렌 식수[54]의 표현을 빌리자면 "거짓말하지 않는" 글쓰기의 내재적 특성이라고 할 수 있지 않을까요? 글 쓰는 사람의 입장에서 볼 때, 그런 진실한 글쓰기야말로 '실제' 삶과 오직 글쓰기만을 통해 도달할 수 있는 삶 사이에 삼투 현상이 일어날 수 있게 하는 것이 아닐까요?

A. E. 영원한 빗나감과 역설적인 만남이라니 아주 적절한 표현인 듯하군요. 난 그것을 절감하거든요. 그리고 당신도 마찬가지일 것입니다. 하지만 그것이 글을 쓰는 모든 사람에게 같은 강도로 느껴지는 것인지는 잘 모르겠어요. 나 자신조차도 그런걸요. 실제로 살아가는 순간들 속에서 글쓰기가 생각이나 욕망 혹은 감각으로서 현재하지 않을 때도 많아요. 대화에서부터(하지만 난 이것을 문학적이라고 말하는 것은 좋아하지 않아요) 심고 싶은 장미나무나 핸드백을 고르거나 물론 최근까지 했던 강의록 작성이나 리포트 검사에 이르기까지, 내가 글쓰기 외의 다른 유희나 문제들에 몰두하고 있을 때도 많아요. 하지만 대체로 글을 쓴다는 사실이 삶의 형태를 결정하는 데 중요하게 작용한다고 믿습니다. 때때로 난 삶과 글쓰기라는 두 차원을 동시에 살고 있다는 느낌을 받아요.

다시 한번 말하건대, 당신이 떠올린 "나는 내 사랑 이야기를 '쓰고' 내 책들을 '살고' 있다"는 문장에서 내가 말하고자 한 것은, 내 삶과 내 책들 사이의 접근과 교환 그리고 그 사이에 일어나는 투쟁입니다. 그러한 상호작용은 내 삶 속에서 그리고 내 책들 속에서, 사랑과 성과 글쓰기 그리고 죽음 사이에서

나 자신도 모르는 사이에 지속적으로 이루어지고 있습니다.

F. -Y. J.　1990년에 『탐닉』에서 당신은 어떤 순간에는 "글쓰기에 대한 생각"이 "끔찍하게 느껴진다"고 쓰고 있습니다. 나도 글쓰기에 대해 염증을 느낄 때가 종종 있어요. 글 쓰는 일에 자신의 삶을 바치는 사람으로서는 정말 고통스러운 일이죠. 그렇게 의기소침한 시기를 통과하면, 일단 그것을 극복하면 다른 차원에 도달할 수 있을까요?

A. E.　알다시피 1989년에서 1990년까지, 글을 써야겠다는 생각은 나를 정말 힘들게 했지요. 그 당시 난 한 남자에 대한 생각에 완전히 사로잡혀 있었고, 어떤 노력을 하거나 일을 하지 않고도 삶은 너무도 강렬하고 전혀 새롭게만 보였어요. 그러한 삶은 나를 글쓰기로부터 멀어지게 했죠. 글쓰기가 나에게서 그를 잔인하게 떼어놓는 사막처럼 느껴질 뿐이었어요. 열정은 존재 전체를 사로잡는 총체적 희열이자, 현재 속에 갇혀 있는 상태입니다. 그것은 즉각적으로 터져나오는 희열이며, 어떤 상태입니다. 하지만 글쓰기는 상태가 아니라 활동이

지요. 어쨌든 이 둘 속에는 자기 자신의 상실이라는 것이 공통으로 존재하고, 난 그것을 추구하지만 이 둘 모두가 같은 결과로 귀착되지는 않죠.

어머니가 돌아가셨을 때도 마찬가지로 글쓰기가 끔찍하게 싫었어요. 그후엔 그것이 하나의 구원이 되었어요. 글쓰기를 어떤 역사적 형태하에 존재하도록 하는 것은 어떤 의미에서는 글쓰기를 지킴으로써 나 자신을 구원하는 것이었어요.

글쓰기가 싫증나고 역겨워지거나 내게 좌절감을 주지는 않아요. 하지만 계속할 수 있을지에 대한 회의가 들고 계속 나아가고 싶다는 욕망이 일지 않으면, 그 뒤에는 글쓰기를 못 하겠구나 하는 느낌이 들어요. 난 이것을 데뷔 시절에 대한 노이로제라고 불러요. 종종 거기서 심리적 차단이 오기 때문이죠. 이것에 어떤 가치가 있기는 한 것인지 모르겠어요. 필요 있는 것인지도 모르겠고요…… 그저 하나의 징후라고나 할까요. 무언가를 발견하지 못했고, 그러니 뭔가 다른 것을 시도해야 한다는 그런 징후 말이에요. 내가 한번 말한 적이 있는 그 작업장은 아직 미완성 상태로 머물러 있는 것들로 가득해요. 하지

만 이제 난 그것이 일시적 미완이자, 미래에 행할 작업의 초안

이라는 사실을 알고 있답니다.

구원을 위한 글쓰기

F. -Y. J.　우리의 대화가 시작되고 얼마 지나지 않아, 당신은 이십 년 전 『얼어붙은 여자』에서부터 문학을 정의하려는 시도는 그만두었고, 요즘은 그것이 무엇인지도 모르겠다고 말했습니다. 당신은 1986년 '나는 나의 밤을 떠나지 않는다'는 제목으로 출판된 일기에도 이렇게 적었습니다. "내가 쓰는 것은 문학이 아니다. 난 내가 쓴 책들 사이에서 차이점을 본다. 아니 오히려 차이점이 안 보인다. 왜냐하면 나는 구원하고자 하는, 이해하고자 하는 욕망, 그러나 우선 구원하고자 하는 욕망이 아닌 책들을 쓸 줄 모르기 때문이다." 그리고 다시 당신은 "문학은 아무것도 할 수 없다"고 쓰고 있습니다. 『탐닉』

에서 이와 같은 생각을 드러내는 예를 여러 개 발견할 수 있습니다. 그 예로서 다음과 같은 문장을 들 수 있겠군요. "지금 나는 실제로 문학 이하의 수준에 있다. (……) 모든 것 이하의, 심지어 추억 이하의 수준에 있다." 당신이 당신 자신의 글쓰기에 대해 '비문학적'이라고 정의하는 부분과 글쓰기에 속하는 다른 부분을 어떻게 양립시킬 수 있을까요? 그리고 글쓰기가 문학에 속하지 않는다면, 그것을 어떻게 정의할 수 있을까요?

A. E.   내가 아주 젊었을 때는 문학이나 아름다움과 같은 것들을 정의하는 것이 중요하게 여겨졌어요. 글을 쓰기 위해서 꼭 알아야 할 것만 같았거든요. 그 다음엔 그런 질문 밖에 있었기 때문에 그 질문을 제기하지 않으면서 글을 썼죠. "절대문학이라는 것은 과연 존재하는가?" 말라르메는 이렇게 질문했습니다. 그는 실체의 측면에서는 긍정적으로 대답합니다. 문학에서 희열을 느꼈으니까요. 나는 내가 문학 때문에 고통받으므로, 문학에 아주 많은 시간을 바치므로, 그리고 독자 자신들도 내 텍스트를 읽으면서 희열과 고통을 발견하므로 문학은 존재한다고 기꺼이 지체 없이 덧붙이겠습니다. 문학

은 존재합니다. 그러나 정의할 수 있는 본질을 갖고 있지는 않
지요. 사람들은 문학이란 단어를 통해, 일반적으로 실천적인
목적 지향성이 없는(심리학 논문이나 정원 가꾸기에 관한 책
과는 반대로) 텍스트들의 총체를, 혹은 칸트의 표현을 빌리자
면 "목적 없는 목적 지향성"을 지닌 텍스트들의 총체를 생각
합니다. '문학'은 분류 원칙일 뿐 가치는 아닙니다. 예를 들어
보죠. 한 신문이 내세우는 '문학'란이 문학적 텍스트와 비문
학적 텍스트를 따로 분리시켜 다룰 때, 우리는 어떤 소설에 대
해 '문학이 아니다'라고 단언하는 비평을 읽게 됩니다. 분류
의 이름으로는 문학에 속하지만 가치의 이름으로는 문학에서
제외되는 것이지요. 일반적으로 사람들은 그 가치 판단을 단
호한 어조로 크게 외치는 경향이 있는데, 그것이 좋아하고 싫
어하는 것을 신성시하거나 소멸시키는 일종의 권력 행사와 관
련 있기 때문이죠. 사람들은 그러한 판단을 이용하고 남용합
니다. 그런데 참 이상하게도 '문학'이라는 단어를 통해 이해
하는 것에 대해서는 그것이 명백하고 당연한 것인 양, 그것이
시간성을 벗어난 보편인 양 거의 언제나 아무 말도 하지 않아
요. 하지만 이제는 세월이 흘러 처음에는 지니지 않았던 가치
와 세월이 흘러 지니게 된 수많은 텍스트들이 있지요. 루소의

「고백록」이 유명한 실례죠. 그의 동시대인들은 그에 대해 '몸종의 문체'를 지녔다며 비난했어요. 그리고 19세기에는 '문학'으로 간주되던 것이 소설이 아니라 시였다는 사실 또한 상기해야겠군요. 어느 순간에는 여전히 이유도 모르는 채 어떤 책이 미학의 대상이 되고, 어떤 장르가 문학적인 것이 되기도 하죠……

비록 문학으로 분류되지는 않지만 내게는 문학적 가치를 지닌 책들이 많이 있습니다. 예를 들어 미셸 푸코나 부르디외의 텍스트들이 그렇죠. 나는 강렬한 감동을 주는 것이 바로 문학이라고 생각합니다. 어떤 새로운 것을 향해 열리고 확장되는 듯한 진한 감동 말입니다.

"내가 쓰는 것은 문학이 아니다" "문학은 아무것도 할 수 없다", 나 자신이 "문학 이하의 수준에" 있는 것처럼 느껴진다고 말한 것은 문학이라는 '사물'을 당연히 인정하고 있음을 의미합니다. 그것은 또한 문학과 관련하여 내가 존재하는 방식에 대한 물음이자, 문학의 어떤 이미지와 관련하여 나의 글쓰기를 어떻게 위치시킬 것인가에 대한 물음이기도 합니다. 나는 어떤 책들이 주는 문학의 이미지는 거부합니다. 그 책들이 살과 피의 영역이 아닌 제조의 영역에 속한다고 느껴지기 때문입니다. 내가 확언하고자 하는 것은 결국 문학에 대한 나의 전망이며, 한 문장 한 문장이 실제 사물들의 무게를 싣고 단어들이 단어이길 그치고 감각이 되고 이미지가 되기를 바라는 나의 욕망입니다. 이때 단어들은 쓰임/읽힘과 동시에 그 이미지와 감각을, '가벼운'과 반대되는 의미에서의 '단단한', 사람들이 건축에서 쓰는 표현을 빌리자면 '영구적인' 하나의 리얼리티로 변형시킵니다.

F. -Y. J.　당신이 "구원하고자 하는, 이해하고자 하는 욕망, 그러나 우선은 구원하고자 하는 욕망"이라고 말할 때, '구원하다'라는 동사에 목적어를 두지 않는 이 자동사적 용법이 무엇을 의미하는지 직관적으로 이해했습니다. 하지만 구원을 위한 글쓰기 또한 자신을 구하기 위한 것이 아닐까요?

A. E.　난 존재들과 사물들을 대변하는 배우이자, 그것들이 존재하는 장소이며 그것들의 증인이기도 했습니다. 주어진

한 사회와 시간 속에서 그러한 존재들과 사물들이 사라지지 않도록 구하는 것, 그래요, 난 내가 글을 쓰는 가장 큰 동기가 바로 거기 있다고 느낍니다. 나 자신의 삶을 구원하는 방법도 바로 그렇게 얻어진다고 생각하고요. 하지만 나 자신에 대한 구원은 내가 최근에 말한 긴장이나 노력 없이는, 다시 말해 글을 쓰면서 나라는 존재감을 상실하지 않고서는 이루어질 수 없습니다. 이것은 일종의 해체인 동시에 극단적 거리두기라고 할 수 있습니다. 바로 이 때문에 내면일기만으로는 나 자신을 구원하지 못하는 것입니다. 내면일기는 내가 살아온 순간들만을 보전할 뿐이기 때문이죠.

글쓰기와 삶 사이의 유대

F. -Y. J.   당신의 책 끝에는 그 책을 쓴 기간이나 완료한 날짜가 표시되어 있습니다. 당신에게 그러한 것들이 지니는 상징적 혹은 체험적 의미는 무엇입니까? 그 의미가 일기의 정확한 날짜 기록과 관련이 있습니까? 다시 말해, 우리가 언젠가 말했듯 그러한 날짜들이 텍스트의 이정표가 되는 시간 표기와 관련이 있습니까? 예를 들어 당신은 『아버지의 자리』는 1983년 6월에, 그리고 『어떤 여자』는 1986년 4월에 탈고했습니다. 이 두 날짜 사이에 당신에게는 어떤 일이 일어났습니까? 이 기간에도 줄곧 글을 썼습니까? 아니면 중단 혹은 단절이 있었습니까?

A. E.　날짜를 기록하고 싶은 욕구는 글을 쓰고 싶은 욕구보다 더 오래된 것입니다. 내 어린 시절의 추억 속에 이미 들어 있는 것이지요. 어렸을 때, 어느 상자에 내 이름과 나이 그리고 그날의 날짜를 적어 넣고는 그것을 정원에 묻은 적이 있어요. 먼 장래에 사람들이 그것을 발견할 거라고 상상하면서 말이죠. 그리고 벽면이나 난간에 자신이 지나간 흔적을 남기기 위해 이름 첫 글자나 날짜를 써놓는 익명의 사람들처럼, 난 여기저기 아무 데나 날짜를 적었어요. 레티프 드 라 브르톤[55]이 생 루이 섬[56]에 낙서를 남겼다는 사실을 알았을 때, 그가 나와 같은 취향을 가졌다는 생각에 내가 느낀 감동이란 정말이지 그 무엇과도 비교할 수 없었다니까요…… 책을 사는 즉시 표지 바로 안쪽 빈 페이지에 구입한 날짜를 적어두는 습관도 오랫동안 갖고 있었어요. 사라져버리는 시간을 표기하여 고정시키려는, 나 자신에게 역사를 만들어주고 나 자신이 역사가 되기를 원하는 강박적 욕구였던 것 같아요……

어쨌든, 책을 쓰기 시작한 날짜와 끝낸 날짜를 적는 데는, 사전 준비작업이나 중도 포기 없이, 결정적으로 계획에 진입한 순간부터 최종적으로 탈고에 이르기까지 한 권의 책을 쓰는 데 바쳐진 실제 시간을 보여주고 싶다는 욕구도 담겨 있습니다. 내게 이 기간은 바로 다른 한 삶을 사는 예외적 시간을 가리킨다는 점에서 큰 의미를 지니지요. 하지만 끝낸 날짜만 쓴 경우는, 그 책이 간헐적으로 씌어졌거나, 서두 부분에서 몇 차례 시행착오가 있었다는 걸 의미해요……

F. -Y. J.　최근에『집착』을 다시 읽었습니다. 당신은 2001년 8월『르 몽드』지에 첫번째 버전을 발표한 다음 다시 수정했지요. 그러니까 이 텍스트의 집필과정은 두 단계로 이루어졌고, 책 마지막에도 그렇게 표기되어 있습니다. 진행중인 텍스트를 이처럼 여러 단계로 발표한 적이 그전에도 있었습니까?

A. E.　난 진행중인 텍스트는 절대 발표하지 않아요. 대중 앞에서 발췌된 부분을 읽는 일도 절대 없고요.『집착』은 진행중인 작품이 아니었습니다. 이미 대략적으로 씌어진 무엇이었을 뿐이죠.『르 몽드』지면에 발표하기 위해 그 텍스트의 최종적인 길이가 조판과정에서 그런 식으로 나뉘어야 했던 것

이죠. 그런 일은 다시 하지 않을 겁니다. 자유롭지 못한 그 상황 탓에 욕구불만에 빠지고 말았거든요. 게다가 그 지면 안에 우겨넣기 위해 내가 삽입시킨 문단 사이의 '공백' 까지도 없애버렸다니까요. 너무 길어서라더군요…… 그렇게 숨을 고르는 순간들이 제거됨으로써 결국 텍스트의 형태가 왜곡되고 말았죠. 그래서 난 원래의 버전대로 출판하기 위해 그 텍스트를 다시 손보았습니다. 그 책 마지막에 두 개의 날짜가 적혀 있는 것도 그 때문이고요. 첫번째 탈고 날짜와 두번째 탈고 날짜 사이에는 약 삼 개월이라는 기간이 있어요. 이런 식으로 날짜를 표기하는 것은 시간의 경과를 느끼게 하는 한 방법이기도 합니다. 또한 생각에 따라서는 책이 아직 끝나지 않았다는 사실을 보여주는 방법이라고도 할 수 있겠죠.

■■■■

F. -Y. J. 당신은 주로 복합과거시제[57] (때로는 서사의 현재시제)를 사용하더군요. 환기된 사실들이 특별한 형태로 지각될 수 있도록 재구성하기 위한 것입니까? 말하자면 텍스트가 좀더 명료하게 읽힐 수 있게 하기 위한 건가요?

A. E.　무언가를 쓸 때 내가 추구하는 것은 우선 다루어지는 대상이 나 자신에게 읽히는 글이 되게 하는 것입니다……어쨌든 한 텍스트의 이해 가능성이 단순과거시제의 사용 여부에 달린 것은 아니라고 생각합니다. 이 주제에 대해 더 깊이 들어가지 않았으면 좋겠어요. 그렇지 않으면 말이 너무 길어질 것 같아서요. 하지만 구문(단순한가, 복합적인가), 어휘, 문장의 추상성의 정도, 책의 세계와 독자들의 세계 사이의 친밀성, 구두점 등은 문제가 되리라 생각합니다. 설사 대화가 실제로 전무한 텍스트라 할지라도 단순과거시제가 어떤 독자에게 거부감을 줄 거라고는 생각하지 않습니다. 사실 그것은 역사책과 마찬가지로 소설에서도 가장 흔히 사용되는 시제니까요. 정확히 말해, 난 사물들을 단순과거시제로 설명하는 것이 절대적으로 불가능할 때 복합과거시제를 사용합니다. 내게 단순과거시제는 거리를 두려는 태도처럼 느껴지거든요. 사실 내가 보기에 거리두기의 극치는 접속법반과거시제[58]예요. 그 때문에 나는 의도적으로 시제일치를 존중하지 않아요. 롤랑 바르트는 단순과거시제가 무엇보다도 "나는 문학이다"를 의미하고 주장한다고 말했는데, 그 생각에 전적으로 동의합니

다. 이 시제는 초등학교 시절의 작문시간을 떠올리게 하는군요. 내가 한 평범한 행동에 어떤 품위를 주기 위해 "나는 꽃 한 송이를 꺾었다. 그리고…… 우리는 달콤한 코코아를 마셨다……"라는 문장을 단순과거시제를 사용해서 아주 인위적인 문체로 쓴 적이 있죠. 난 단순과거시제를, 어떤 리얼리티도 지니지 않을뿐더러 유리한 점이라고는 오직 잘 기록했다는 것밖에 없는 시제로 기억할 따름입니다. 하지만 복합과거시제에는 이런 점이 있어요. 아직 일이 끝나지 않았으며, 현재에도 아직 지속되고 있음을 느끼게 해준다는 점 말이에요. 복합과거시제는 시간과 공간 속에서 사건과 사물들이 서로 가까이 있음을 나타내는 시제이며, 글쓰기와 삶 사이의 유대를 맺어주는 시제입니다.

F. -Y. J. 당신은, 예를 들어 『집착』에서는 "너무 망가졌어"와 같이 일상생활에서 널리 쓰이는 속어를 사용하기도 하고, 『아버지의 자리』나 『어떤 여자』에서는 노르망디 방언을 가끔 쓰기도 했습니다. 그러한 용법은 어떤 장소와 시대를 사회학적으로 표시하기 위한 것입니까? 특별한 것이 보편적인 것을

담고 있음을 보여주기 위한 건가요? 아니면 이것 역시 이해시
키기 위한 고심에서 나온 결정입니까?

A. E.   아뇨, 그런 의도는 전혀 없었습니다. 노르망디 지방
이 내 뿌리인 것은 사실이지만, 난 그 지방의 방언을 거의 사
용하지 않아요. 반면 서민들이 사용하는 프랑스어 표현은 아
주 많이 쓰지요. 나는 그 표현들에 전적으로 사회학적 의미를
부여합니다. 자리라는 단어에 담겨 있는 모든 의미를 예로 들
어보지요. 그런 단어는 그러한 존재방식을 말하고 묘사하며,
그 존재방식의 증거이기도 합니다. 『부끄러움』에서 "너는 내
게 '불행을 끌어들일' 거야"라고 말하는 열두 살짜리 소녀는
그 양태로 존재합니다. 그리고 "너무 망가졌어"라는 표현은
실제로 떠오른 생각이며, 바로 내 생각입니다. 2000년대를 사
는 사람들은 그 표현으로 과도한 고통을 말하고 보여주죠. 모
든 단어는 특히 그것들이 실제의 말을 옮겨 적은 것일 때 수많
은 의미를 적재합니다. 단어들은 한 장면의 색깔과 그것에 내
포된 고통, 생경함 혹은 사회적 폭력을 "하나로 결집시킵니
다". 『사건』에서 병원 인턴이 소파수술을 행하기에 앞서 내뱉
은 말, "난 배관공이 아닙니다!"라는 말도 마찬가지죠. 하지

만 대화에서 나타난 그 표현들은 좀더 고전적인 서사언어에, 일상적이지 않은 다른 층위(『집착』에는 이른바 '친교적'인, 다시 말해 대화하기 위해 말을 거는 수단으로서의 언어적 기능을 수행하는 단어들이 있습니다)에 통합됩니다. 지적인 것과 감각적인 것, 생각과 육체 사이의 일종의 결합인 셈이죠. 내 생각에 그것은 모든 언어 행위를 연결하는 방법이며, 겉보기에 아주 정성 들여 다듬은 듯한 문장만큼이나 평범한 문장 속에도 풍부한 의미가 담겨 있음을 보여주는 한 방법인 것 같아요. 내가 만나고 기억하는 사람들은 점점 더 자주 그들이 말한 단어들의 형태나 그들이 했던 몸짓 속에서 존재합니다.

내가 보는 것은 단어가 아니라 사물

F. -Y. J.　당신은 글을 쓸 때 삽입이나 첨부를 하기보다는 가지를 치는 방식으로 작업하는 편입니까? 하나의 계획안에서, 다시 말해 헨리 제임스가 허구의 '너깃(nugget)'이라고 부른 것처럼 하나의 핵심에서 출발하여 이야기를 전개시킵니까? 아니면 좀더 광범위하고 충동적으로 초벌쓰기를 한 후 본질로 압축시키는 방식으로 글을 씁니까?

A. E.　내가 어떻게 책을 쓰는가 하면…… 책마다 다른 방법으로 썼던 것 같아요. 하지만 내가 글을 쓰는 방식 자체보다는 오히려 내가 책을 쓰고 있던 순간의 내 직업적 삶이나 나를

둘러싼 세상이 더 달라지지 않았나 싶어요. 『아버지의 자리』 『단순한 열정』 『부끄러움』 혹은 『사건』을 쓰던 때를 생각하면, 언제나 여행이나 만남 등의 흔적이 남아서 어떤 정서적 색채로 채색된 독특한 순간들이 다시 떠오르거든요. 글만 쓰지는 않으니까요! 책을 쓰는 것은 시간을 요구하는 일입니다. 그러니 당연히 일상적인 요소와 타인들이 그 안으로 침투하게 되죠. 어쨌든 변하지 않는 요소들이 존재하는 것은 사실이에요. 맞아요. 우선 내게는 "내가 어떻게 여자가 되었나", 열정, 내 아버지의 삶, 낙태수술 같은 문제처럼 명확한 어떤 것 속으로 나 자신을 끌어들이고 빠져들고 싶다는 욕망이 있어요. 하지만 그 욕망은 모호하기도 합니다. 그것에 대한 아무런 계획도 방법도 없거든요. 대개는 일단 몇 페이지를 쓰고 싶다는 욕구가 먼저 생겨요. 그러고는 멈추죠. '그것으로 할 수 있는 게' 무엇인지 알 수 없기 때문이죠. 그러면 다른 것을 시도해봅니다. 때로는 다시 실패하기도 해요. 하지만 때로는 그 반대예요. 『얼어붙은 여자』가 음…… 그러니까 『아버지의 자리』를 대신하게 된 것이죠. 이 책은 시작은 먼저 했지만 곧 중단돼버렸어요. 그런 다음에는 처음으로 되돌아와서, 이번에는 끝까지 추진해나갑니다. 왜 그런지는 설명할 수 없지만, 나는 모든 책들을 이런 방식으로 썼어요. 『얼어붙은 여자』는 먼저 쓴 서두부분을 포기하지 않았으니 예외인 셈이군요. 글쓰기를 직업으로 삼지 않았다는 것, 다시 말해 서둘러 출판할 필요가 없다는 것이 많이 작용하는 듯해요. 내 욕망을 받아들이는 시간을 충분히 가질 수 있으니까요.

　　내겐 또다른 진행방식이 있는데, 점점 더 그 방식으로 글을 쓰게 되는 것 같습니다. 사실 진행방식이라는 표현이 그리 적합한 것 같지는 않군요. 그만큼 의지나 집중력이 중요하게 작용하지 않기 때문이죠. 약간은 교활한 술책이긴 하지만, 무의식적인 전략이라고 하는 편이 차라리 낫겠군요. 말하자면 한 권의 책이 될지 어떨지 모르는 채 '작업장'을 계속 가동시키는 것이죠. 그렇게 하는 것은 자유의 공간 안에 가능한 한 오래 머물러 있기 위해서입니다. 내용과 형태, 그리고 고안(考案)의 자유를 위해서 말이죠. 『밖에서 쓰는 일기』와 『단순한 열정』『부끄러움』『집착』은 목적 지향성 없는, 어쨌든 나 스스로 의식한 어떤 뚜렷한 목적이 없는 그러한 '자유로운 글쓰기'에 의해 탄생했습니다. 언제라고는 말할 수 없겠지만 어쨌든 어느 순간에 이르렀을 때, 나는 그 계획을 끝까지 추진할 수 있으리라는 것을 알게 됩니다. 하지만 어떤 구조의 선택에 대해 불안해하거나 회의를 품지는 않습니다. 그런 형태를 취하지 않으면 안 되도록 그 구조가 스스로 필요불가결한 것으로 부각되기 때문이죠.

엄밀한 의미에서의 문장과 단어들에 대한 작업은 느낌, 흔히 말하는 필링(feeling)에 따른 것입니다. "그거야" 혹은 "그게 아냐" 하는 식으로 느껴지는 거죠. 난 글을 쓸 때 내가 단어가 아닌, 사물을 본다고 생각합니다. 순식간에 사라져버리는 추상적일 수 있는 감정, 혹은 그와 반대로 기억에 떠오르는 장면이나 이미지처럼 구체적일 수 있는 것들과 만난다는 말이죠. 단어들은 내가 찾지 않아도 내게 오거나, 아니면 반대로 노력이 아닌 어떤 극도의 긴장을, 정신적 표상에 정확히 부합하기 위한 긴장을 요구합니다. 문장의 리듬에 관해 말하자면, 난 의도적으로 작업하지는 않습니다. 내 내면의 귀로 듣고, 옮겨 적을 뿐이지요.

초벌 텍스트들은 가는 사인펜으로 낱장의 종이에 쓰는데, 온통 지우고 첨가하고 덧쓰고 문장들과 문단들을 이동시킨

흔적들로 가득하지요. 하지만 그것도 텍스트에 따라 양상이
다릅니다.

욕망과 필요성

_F. -Y. J._ 학회 폐회식 때 행한 '백색의 글쓰기'에 관한 강연에서 당신은 당신의 글쓰기, 즉 텍스트 조탁의 방식과 과정에 대해 말했습니다. 그리고 이런 일련의 과정에 대하여 최근 책들에서 이야기의 전개와 병행하여 묘사하고 있더군요. 강연에서 설명한 것보다는 덜 기술적인 방법으로 말이죠. 다시 쓰기가 텍스트의 발생론적 연구의 대상이 된 이래 이 주제의 중요성이 잘 알려진 만큼, 이것에 대해 좀더 심도 있는 대화를 나누었으면 합니다. 먼저 아주 총괄적인 질문을 던지겠습니다. 맨 처음 떠올린 착상을 글로 실현하기까지 당신은 어떤 도정을 거칩니까? 대략적으로 말해서, 어떤 단계들을 거치는지요?

A. E.　내가 쓴 대부분의 텍스트들에 '착상(着想)'이라는 단어가 어울리는지는 잘 모르겠군요. 형성된 다음 오랫동안 잠재태로 남을 수 있는 것은 생각보다는 외려 감정이나 욕망 같은 것이니까요. 흐릿하고 모호한, 쉽게 요약될 수 없는 것이죠. 호기심이나 실제로 품고 있는 관심에 기인하여, 혹은 단순히 예의 때문에 사람들이 내게 던질 수 있는 최악의 질문은 "요즘 무엇에 대해 쓰고 있습니까?"입니다. 불행히도 이런 질문을 매우 자주 받지요. 난 그 질문에 대답할 수 없어요. 난 어떤 주제에 '대해서' 쓰지 않습니다. 난 다른 어떤 삶 속에서 살아요. 씌어지고 있는 텍스트라는 삶인데, 난 이것과 일상적 삶을 병행해서 살지요. 마찬가지로 처음 내게 다가오는 것은 어떤 주제가 아니라 성운과도 같은 것입니다. 『아버지의 자리』의 도입부에서, 나는 아버지가 돌아가신 뒤 '난 이 모든 것을 설명해야 할 것이다'라고 생각했다고 썼습니다. 그 시기에는 바로 그런 형태로 글을 쓰고 싶다는 욕망이 내게 다가왔던 것입니다. 내 아버지의 생애와, 지적인 부르주아 사회로 점차적으로 이동하는 나의 이야기, 이 둘에 동시에 걸쳐져 있는 억압된 사실들을 펼쳐봐야겠다는 필요성 말입니다. 그건 일종

의 길이나 방향 이상의 그 무엇도 아닙니다. 대개의 경우 그렇게 시작되었어요. 욕망과도 같은 것이 생겨나서 점점 더 선명해지고, 때로는 그것에 대항하여 투쟁하기도 하고…… 돌이켜보면, 난 늘 내 욕망을 일단 억압부터 했던 것 같아요. 그 때문에 처음 몇 페이지를 쓴 다음 그렇게 멈추고 중단하는 사태가 벌어졌던 거죠.

격렬한 저항의 대가를 치른 다음에야 빛을 보게 된 텍스트들도 많습니다. 우선『어떤 여자』를 꼽을 수 있겠군요. 그 텍스트를 구상하기 시작한 것은 이미 오래전이었지만, 실제로 작업에 들어갈 수 있었던 것은 어머니가 돌아가신 다음이었죠. 그리고『단순한 열정』도 생각납니다. 처음에는 뚜렷한 목적 없는 단편적인 조각들로 구성되어 있었던 텍스트예요. 최근『사건』에서 여러 단계의 그런 저항을 거친 다음 금기를 뛰어넘는 과정을 묘사한 바 있습니다. 그리고 물론『부끄러움』은 첫 페이지부터 어떤 금기를 실질적으로 위반하고 있지요. 내가 열두 살이었던 해의 그 일요일에 내 부모님 사이에서 벌어진 격렬한 장면을 서술하고 있으니까요.『얼어붙은 여자』를 쓰는 일에 몰입하기 전에도 저항을 겪었죠. 그때 난 어느 정도

의식적으로 내 개인적 삶을 끌어들이는 것은 아닌가 하고 염려했어요. 그리고 그 책이 끝나면 남편과 헤어질지도 모른다고 어렴풋이 짐작했죠. 그리고 실제로 그렇게 됐고요.

대개 글쓰기 과정은 다음과 같은 방식으로 진행됩니다. 어느 순간, 어떤 충동이 일어나 몇 페이지를 쓰도록 나 자신을 부추깁니다. 하지만 난 그 글에 아무런 목적도 부여하지 않습니다. 따라서 그 페이지들이 어떤 특정 텍스트의 도입부로 예정되어 있지는 않죠. 그 다음엔 멈춰요. 내가 어디로 가는지 알 수 없기 때문입니다. 그러고는 그 조각을 한동안 보류시켜 둡니다. 그러는 사이 계획은 좀더 선명해지면서, 말하자면 그 조각에 악착같이 매달리게 되는 겁니다. 그렇게 해서 그 조각은 그 계획 속에서 결정적 요소로 부각되기에 이릅니다. 이런 식의 설명이 좀 추상적이라는 생각이 드는군요. 내 책들이 각각 어떻게 만들어졌는지 그 과정을 떠올릴 필요가 있을 것 같아요. 각 텍스트에 대한 구상(난 이것을 욕망이라고 말하겠어요) 속에는 그러니까 각 텍스트에 대한 욕망 속에는 어쨌든 매번 차이점이 존재하기 때문이죠. 예컨대 『아버지의 자리』의 도입부에는 중등교사 자격시험의 실기시험과 아버지의 죽음에 관한 이야기가 있습니다. 이 부분은 1976년 부활절 방학 동안에 라 클뤼자즈에서 거의 단숨에 썼어요. 그러고는 더이상 계속할 수가 없었죠. 같은 해 여름, 지난겨울에 쓴 조각 글에 뒤이어 『그들이 말하는 것, 혹은 아무것도 아닌 것』을 썼죠…… 그리고 1977년 1월에야 비로소, 1976년에 아버지에 대해 쓴 것을 다시 들고 계속 써나가게 되죠. 소설의 형태를 띤 글이었는데, 내게는 모든 게 가짜처럼 여겨지더군요. 그래서 그해 4월, 백 페이지쯤에서 그만두게 됩니다. 1982년에 그 텍스트로 되돌아왔을 때는 라 클뤼자즈에서 맨 처음에 쓴 페이지들만 보존하게 되지요…… 하지만 육 년 동안, 나는 글쓰기와 사회 그리고 피지배 세계 출신의 화자가 가지는 입장 같은 것들 사이의 관계에 대해 중요한 숙고과정을 거칩니다. 나의 계획은 축소되고, 내 글은 초기에 겨냥했던 나의 '변절'이라는 문제보다는 내 아버지에게로 집중됩니다. 그리고 텍스트는 113쪽에서 완결됩니다. 처음에 생각했던 규모가 계속 줄어들어서, 거의 불변의 핵심만이 남았다고 할 수 있지요.

『부끄러움』도 같은 과정을 거쳤습니다. 1990년에 몇 페이지를 쓴 다음 중단하고, 1995년에 다시 시작했지요. 텍스트에 대한 전망 전체가 중단되었던 조각 글의 마지막 문장과 함께 다시 떠올랐어요. "내가 부끄러움을 느끼기 시작한 것은 바로 그해였다."

　지금까지 난 처음 몇 페이지를 쓰는 데 작용하는 추진력에 대해서만 말했습니다. 그 첫 페이지들은 어떤 다른 세계 즉 글의 세계 속에서 어떤 리얼리티에 대한 탐험을 계속하고자 하는 욕망에 구체적 틀을 부여하는 모태가 될 뿐, 결코 구조나 텍스트의 경계나 가능한 다양한 목소리와 관련된 형태 탐구가 아닙니다. 내 생각에 이 사실은 처음에 쓴 페이지들과 후속 작업 사이에 유예가 발생하는 이유를 전적으로 설명해주는 것 같습니다. 내가 실제로 글쓰기를 시작하는 순간에야 비로소 '형태'에 대한 질문이 구체적이고 실질적으로 제기되기 때문입니다. 정확히 기억나지는 않지만, 플로베르는 "쓰고자 하는 작품은 매번 그 자신의 글쓰기 이론을 포함하고 있다. 그것을 발견해야 한다"고 말했습니다. 내가 찾아야 하는 것도 바로 그것인데, 때때로 나는 이 일에 꽤 많은 시간을 바칩니다. 그러한 탐구를 욕망과 계획, 그리고 허구에 대하여 가능한 테크닉 사이의 **맞추기** 내지는 조립과정이라고 정의하겠습니다. 물론 이때 허구라는 용어는 내게 상상계가 아니라 구성과 제작의 의미를 띱니다. 그러한 조립과정을 거칠 때 내게 상당히 오랜 숙고를 요구하는 텍스트들이 있습니다. 『아버지의 자리』와 『부끄러움』의 경우가 그렇죠. 하지만 『사건』처럼 그 작업이 좀더 빨리 이루어지는 텍스트들도 있고, 『단순한 열정』이나 『집착』과 같이, 어떤 다른 선택의 여지도 없는 것처럼 욕망이 자신의 형태를 곧바로 발견해서 거의 숙고할 필요가 없는 것들도 있습니다.

이미 말했듯이, 이십 년 전부터 난 줄곧 일종의 글쓰기 일기를 써오고 있습니다. 아니, 그보다는 '글쓰기 사이의' 일기라고 하는 편이 더 정확하겠군요. 오직 전면적인 글쓰기 작업에 들어가기 전이나 실제로 책을 쓰기 시작할 무렵에 부딪히는 문제와 망설임을 설명하기 위해 그런 형태의 일기를 쓰기 때문이죠. 하지만 일단 텍스트에 완전히 몰입한 순간부터는 일기장에 아무것도 쓰지 않습니다.

어떤 일이 일어나든 끝까지 갈 것이라고 확신하는 순간부터, 텍스트 작업의 나머지 모든 다른 단계에 관해 말하는 것은 불가능해집니다. 초고들을 간직하는 버릇은 『아버지의 자리』
(이 책의 초고는 부분적으로만 남아 있어요)와 『어떤 여자』부
터 시작되었어요. 거기에는 수정과 주석이 가득한데, 아마 그
것들이 많은 점을 말해줄 거라고 생각합니다…… 현재로서
는 발생론적 비평이 텍스트의 실현과정을 밝히는 데 가장 적
합한 연구방법인 것 같습니다. 하지만 그 방법이 텍스트에 대
하여 현재, 즉 삶이 미치는 영향을 가늠하지는 못합니다. 아
니, 지각조차 하지 못하죠. 예컨대, 『단순한 열정』의 글쓰기에
는 내가 실제로 글을 쓰던 시기에 일어난 요소들이 개입하고
있어요. 난 그것을 내면일기에 적었고, 후에 출판된 『탐닉』도
마찬가지였어요. 하지만 그 시기의 내면일기는 출판되지 않
았습니다.

중등교사 자격시험 준비반 학생들을 위한 강의에 들어갔을
때, 난 종종 앙드레 브르통의 문장을 인용했습니다. "우선 사
랑하라. 그것이 가장 시급히 할 일이다. 왜 사랑하는지 아는
것은 그 다음의 일이다." 마치 텍스트가 아무것도 '말해주지'
않는 양, 전적으로 '테크닉'에만 의존하여 텍스트에 접근하
는 태도를 보이는 경우를 나는 너무도 자주 보았습니다. 그럴

때면 중고등학교에서 문학을 가르치는 일은 바로 이런 것이어야 한다고 생각하곤 했지요. 즉 아이들이 책을 사랑하게 함으로써 책이 삶의 동반자가 되게 하는 것입니다. 어쨌든 한 세기 동안 그리고 특히 지난 오십 년 이래 비평가들이 끊임없이 해온 대로, 작품을 구성하는 요소들을 분석하고 그것의 발생 과정을 이해하고 싶어하는 것은 정당한 듯합니다. 하나의 총체로 존재하는 텍스트가 어떻게 구상되었으며 어떤 요소(결국은 내밀한 동시에 집단적인 것들의 총합이라고 할 수 있겠죠)들로 만들어졌는지 이해하고자 하는 것은 "왜 사랑하는지"를 이해하는 것과 다르지 않을 테니까요.

F. -Y. J. 내가 당신이 두려워하는, "요즘 무엇에 대해 쓰고 있습니까?"라는 질문을 던지지 않았다는 사실에 주목해주시기 바랍니다. 실제로 나는 한 텍스트가 완성되었거나 아주 많이 진척되기 전의, 아직 모색 단계에 있는 텍스트에 대해 무어라 정의하는 것은 불가능하다고 생각합니다. 그 실현과정을 보여주는 것은 텍스트가 아니라 오히려 전(前)텍스트들이겠죠. 계획은 진행과정에서 변형되기 마련이고, 글쓰기는 우리

가 텍스트 작업에 착수하던 순간에는 모호하던 것이 점차 명
확해지는 과정이죠. 그러니 매번 글을 쓸 때마다 이 과정이 다
르게 진행될 수밖에 없는 것 같습니다. 마찬가지로 우리가 함
께 보았듯이, 요즘 당신의 책들은, 일기는 예외이지만, 고전적
기준으로는 그 '장르'를 정의하기가 불가능합니다.

자율적인 생명체처럼

F. -Y. J. 글쓰기 작업의 구체적인 정황을 요약해보지요. 당신은 문단과 문장의 삭제와 덧쓰기, 첨가와 제거를 통해 일을 진행합니다. 어쨌든 덧쓰고 지우는 작업이 유사한 방식으로 이루어지고, 당신의 모든 텍스트에 적용되는 항구적 필요성에 부응한다면, 그 작업의 성격에 어떤 유형의 관념을 부여할 수 있을까요? 당신은 무엇을 지우고 무엇을 첨가합니까? 그리고 어떤 방법으로 그 작업을 합니까? 당신은 버전마다 '원고지 철'을 바꾸는 작가들과는 전혀 다른 방법으로 작업을 하는 것 같은데요……

A. E. 내 원고들은 마치 패치워크 같아요. 갈수록 더 그렇게 되는 것 같아요. 원고가 씌어진 종이 위에는 단어들 위나 행간 혹은 여백에 각기 다른 색의 사인펜이나 검은 연필로 덧쓴 자국들로 온통 뒤범벅된 몇 개의 문단이 씌어 있어요. 그 문단들의 자리는 아직 결정되지 않아서, 그것들과 연관지어 참조해야 할 페이지 번호가 표기되어 있지요. 예를 들어 10번 종이에는 10-2, 10-3 혹은 10-4 같은 식으로 종이들이 와서 붙을 수 있어요. 하지만 아직 그 이상의 것을 시도해본 적은 없어요. 그리고 아주 최근에는 포스트잇을 사용하기 시작했는데, 잘 떨어지기 때문에 크게 신뢰하는 편은 아닙니다. 난 모든 것을 간직하고 싶거든요. 어느 날은 마음에 들지 않던 것이 그 이튿날에는 다시 좋게 느껴질 때도 있기 때문이죠.

이 모든 것은 계획, 즉 계획을 구성하는 데 내가 몰입했을 때 내가 글을 쓰는 방식이죠. 한편으로는 아주 천천히 나아가고, 다른 한편으로는 내가 글을 쓰고 있는 순간이든 아니든 상관없이 언제든 일상적 삶에서 내게 다가오는 것들을 끊임없이 첨가하고 끌어들이는 식이죠. 삭제하는 일은 거의 없습니다. 반대로 마지막 단계에서 컴퓨터로 텍스트를 정리할 때는 많은 부분을 삭제합니다. 칠 년 전까지는 타자기를 사용했는데, 그때는 아무래도 정정하거나 수정하는 빈도에 한계가 있었죠. 텍스트가 인쇄되었을 때, 내 원고를 다시 보게 되었을 때, 종종 내가 이러저러한 것을 왜 지웠는지 스스로 물어본답니다. 그런데 그걸 설명할 수가 없어요. 수사본 연구가들이라면 과연 설명할 수 있을지 나로서는 의심스럽습니다. 텍스트를 매만지는 최종 단계에서, 나는 일종의 필연성에 따라 작업합니다. 하지만 일단 책이 완성되고 출판되면 그 필연성은 상실되고 말지요. 텍스트는 그 총체 속에서 하나의 자율적 생명체처럼 고려되어야 합니다. 텍스트는 내가 글을 쓰는 동안에는 나와 한몸이지만, 결국 내 밖에 존재하는 것입니다. 제거된 어떤 부분들에 대해 내가 이해할 수 없는 것도 바로 그 때문일 것입니다.

F. -Y. J. 글쓰기에 대한 기록들, 즉 기억하는 과정에 대한 기록들, 거의 기억을 거슬러 올라가는 듯한 그 절차에 대한 기록들은 당신이 소설이라는 장르의 글쓰기를 그만둔 후의 책들에서 빈번하게 등장합니다. 당신은 그 책들을 쓰기 전에 오

랫동안 초안들을 유보해두었다고 했습니다. 그렇다면 그 기록들은 초안들을 작성한 뒤에 회고한 것입니까, 아니면 바로 그 당시에 쓴 것입니까?

A. E. 『아버지의 자리』 이래 내 책에 등장하는 그런 기록은 글이 진행됨에 따라 떠오른 것이지, 내가 텍스트에 맞춰 삽입한 것은 아닙니다. 게다가 그것들은 다름 아닌 바로 그 텍스트와 밀접한 관련이 있습니다. 『사건』은 낙태수술에 관해 이야기하는 동시에, 낙태수술에 관한 글쓰기를 이야기하고 있습니다. 따라서 이 책에서는 기억의 문제, 즉 **증거**를 제시해야 하는 문제가 대두됩니다. 그 모든 것을 내 인생의 다른 순간에서 끌어올 수는 없었을 것입니다. 더 정확히 말해, 내가 그 책을 쓰고 있던 때와는 별개의 순간에서 그 모든 것을 끌어올 수는 없었을 것입니다. 거기에서도 역시 관건이 되는 것은 진실, 즉 '증거'겠군요. 그것은 글을 쓰는 순간에 내가 경험하는 것이며 나를 관통하는 것입니다. 그리고 나는 그것을 경험하는 바로 그 순간에, 말하자면 '실시간'에 그것을 말하는 것이고요. 바로 『부끄러움』의 첫 부분이 그렇지요. 이 책에서 나는 열두 살 적에 목격한 충격적인 장면을 처음으로 썼어요. 그리고 즉

시 내 내면에서 일어나는 일을 분석했지요. 비록 독자들의 관심을 가장 많이 끄는 사항은 아닐지라도, 이것은 탐구로서의 글쓰기에 속합니다. 루소는 「고백록」 속에서 기억 속에 떠오르는 보세 연구실의 세세한 부분까지 모두 열거하고 있어요. 기압계, 판화, 달력, 자기 손 위로 날아온 파리 한 마리…… 그리고 그는 이렇게 덧붙입니다. "독자가 이 모든 것을 꼭 알아야 할 필요는 없다는 사실을 잘 알고 있다. 하지만 나는 독자에게 이 모든 것을 말해줄 필요를 느낀다." 나 역시 그렇습니다. 독자가 반드시 알아야 할 필요가 없는 것이라 할지라도, 나 자신은 글을 쓰는 동안에 내게 일어나는 일들을 말할 필요를 느낍니다.

하나의 존재방식

F. -Y. J. 작년에 당신이 보낸 이메일에는 1963년에 착수한 어느 텍스트에 관한 노트를 그 당시의 일기에서 다시 발견했다는 구절이 있습니다. 1963년은 『사건』에서 환기되고 있는 해이지요. 그 구절을 다시 적어보겠습니다. "내게서 '신앙'이 점점 더 사라지고 있다. 하지만 그것 없이 난 살 수 없다. 어쩌면 그것이 '믿음'에 지나지 않을지도 모르지만." 그리고 당신은 이렇게 덧붙였습니다. "그로부터 삼십팔 년이 지난 지금, 난 내가 하고 있는 일에 대해 더이상 신앙의 문제를 제기하지 않는다. 그것은 내가 그 일 없이는 살 수 없기 때문이다. 설사 그것이 믿음(이 얼마나 종교적인 표현인가!)일 뿐이라 해도

난 더이상 그 일을 포기할 수 없다……” 글쓰기에 대해 말하기 위해 쓰인 이 종교적 표현에서, 나는 이런 질문을 떠올리게 되었습니다. 당신은 특히 『부끄러움』과 『사건』에서 어린 시절의 신앙심을 환기시키고 있습니다(『사건』에는 고해성사에 관한 에피소드가 있죠). 혹시 글쓰기에 그 신앙심을 전이시킨 것은 아닙니까? 신앙심과 관련하여 혹은 신앙심을 대신하는 것과 관련하여 당신의 입장은 무엇입니까?

A. E.　글을 쓰지 않고는 살 수 없다고 생각하는 것은 가장 일반적인 의미의 믿음에 속합니다. 그것은 어떤 행동이나 사랑 같은 것에 자신의 존재를 투여하도록 부추기는 어떤 상상적인 것이죠. 스스로 실현되기 위해 욕망이 취하는 형태입니다. 스물두 살의 내가 글을 쓰지 않고는 살 수 없다는 그 생각이 믿음에 지나지 않으며, 내게는 더이상 ‘신앙’이 없다고 썼을 때, 나는 행복을 위한 다른 길을 예비해놓고 있었습니다. 아니면, 마침 삼 개월 전에 출판사들로부터 내 첫 소설을 거부당했던 만큼, 당시에 흔히들 말하던 것처럼 ‘자아실현’의 다른 가능성들을 마련하고 있었던 것이죠. 그런데 이제 글쓰기는 내게 하나의 존재방식이 되었어요. 요컨대 글쓰기는 실현

196

된 믿음이라고 할 수 있습니다.

　어쨌든 내 어린 시절의 신앙심이 글쓰기에 전이되지 않았을까 하는 당신 질문의 핵심적 사항에 대해 말하지요. 솔직히 '어린 시절의 신앙심'이라는 그 표현에 나도 모르게 눈살을 찌푸렸습니다. 마치 규율, 의식(儀式), 행동 규범, 성인(聖人) 이야기 등, 1970년대까지 가톨릭 교육을 구성하던 담론의 총체에 내 어린 시절의 신앙심이 잘 적응하지 못했던 것처럼 말이죠. 특히 어머니가 독실한 신자이고 자신은 종교계 기숙학교 학생일 때 그러한 교육에 대한 저항심은 더욱 심하죠. 가장 중요한 것은 절대 진리인 양 주입된, 신의 존재나 불멸의 영혼에 대한 관념이 아니라, 예컨대 희생, 구원, 완벽과 같이 반복되어 말해지는 단어들, 다시 말해 세계와 전설과 계율, 그리고 무엇보다 암시적인 성적 금기에 대한 이미지를 주입시키는 일련의 언어행위 전체였습니다. 삼위일체나 무염시태의 교리보다 고해성사를 하는 것이 개인의 삶에 더 큰 영향력을 행사한답니다! 어린 시절에 나는 신을 믿었고 성모 마리아를 믿었고, 또 그 밖의 것들을 믿었죠. 그런데 무엇보다 가장 심각한 금기는 믿지 않는 것이었어요. 추억이 하나 떠오르는군요. 아마 열두세 살 때였던 것 같아요. 나는 사촌 여동생과 다른 한 여자아이에게 난 천국도 믿지 않고 지옥도 믿지 않고 신도 믿지 않는다고 도도하게 말했어요. 그애들은 질겁하더니 내 어머니한테 '일러바치겠다고' 으름장을 놓더군요. 물론 그애들이 일러바치지는 않았지만, 그렇게 하면 어쩌지 미리 상상하면서 괴로워했던 내 모습이 선하게 떠올라요.

열여섯 살 때였을 거예요. 「구토」를 다시 읽으면서 파스칼을 공부하던 혼돈의 시기였죠. 그때가 2월이었는데, 장염을 심하게 앓고 있었고 기숙사 마당의 화장실은 여전히 얼어붙어 있었어요. 그러던 어느 날, 난 하늘이 텅 비어 있다는 사실을 발견했어요. 신의 존재에 대한 물음은 실제 세상의 삶과 지식의 문제를 바라보는 시선에는 불필요하고 무의미한 것이라는 듯, 스스로 눈녹듯 사라졌습니다. 하지만 청소년기까지 내 머릿속에 주입되어 있던 윤리적 가치와 언어 그리고 개념과 관련해서는 문제가 전혀 다르게 전개되었습니다. 관념을 버리는 것은 이미지나 느끼는 방식을 버리는 것보다 덜 어려운 일입니다. 십 년 전부터, 나는 내가 한동안 젖어 있었던 종교에 결부된 몇몇 이미지나 엄격한 규칙을 내 글쓰기 실천과 나 스스로 글쓰기에 부여하는 의미에 전이시켰음을 명백히 의식하게 되었습니다. 예컨대, 글쓰기를 자신에게 천부적으로 주어진 절대적인 재능이자 신에게 바치는 봉헌과도 같은 것이며, 진실과 심지어 순수성까지 구현되는 장으로 생각하는 것이죠(내 기억에 이 순수성이라는 단어를 『탐닉』에서 썼던 것 같아요). 혹은 내가 글을 쓰지 않는 순간을 무슨 잘못이라도, 정확히 말하자면 '치명적인 죄악'(정말이지 이 표현은 사람을 집어삼키는 끔찍한 구렁이 같아요!)이라도 범하는 시간같이 느끼는 것이죠. 하지만 종교에서는 '저 너머'에 있는 초자연적 진실로 취급되는 모든 것이 내게는 여기, 오직 여기 있을 뿐입니다. 계시되는, 주어지는 진실은 없습니다. 다른 삶, 즉 종교가 삶 저 너머에 위치시키는 다른 삶을 나는 과거에 위치시킵니다. 그것은 체험된 삶이며, 우리가 사랑을 통해, 미리 정해지지 않은 어떤 방식으로 다가갈 수 있는 삶입니다. 나는 허무의 바탕 위에서 유물론적 방식으로 살고 생각하고 느낍니다. 게다가 이 방식은 어떤 흔적에 대한 증언을 역사에 남기도록 나를 부추기는 것이기도 합니다. 아무 이유도 소용도 없이 이 세상에 온 게 아니라는 증언 말입니다.

F. -Y. J.　따라서 글을 쓴다는 것은 당신에게, 프루스트가 말했던 것처럼, "체험된 유일한 삶"이 되는 것입니까?

A. E.　프루스트는 "진정한 삶, 마침내 '발견되고 해명된' 삶, 따라서 실제로 체험된 유일하게 진정한 삶, 그것은 문학이다"라고 명시했습니다. 난 "발견되고 해명된 삶"이라는 이 말을 강조하고 싶어요. 내 느낌에 이 말이 핵심인 것 같아요. 혹 글쓰기가 무엇인지 정의할 수 있다면, 난 이렇게 말하겠어요. 말, 여행, 광경 등, 그 어떤 수단으로도 발견할 수 없는 것을 글로 쓰면서 발견하는 것. 숙고 또한 홀로는 그 수단이 될 수 없습니다. 글쓰기 이전에는 현장에 없던 것을 발견하는 것, 바로 거기에 글쓰기의 희열이 있습니다. 글쓰기가 무엇을 다가오게 하고 도래하게 하는지는 결코 미리 알 수 없어요. 그러니 글쓰기에는 공포 또한 도사리고 있는 것이지요.

■■■

F. -Y. J.　당신의 책들에서는 천부적 혜택으로서의 재능이

라는 이미지가 반복적으로 등장합니다. 그것은 지불해야 할, 갚아야 할 어떤 빚이 있을 거라는 의미인 듯합니다. 만약 그렇다면, 당신은 『아버지의 자리』 『어떤 여자』 『부끄러움』에서 당신의 출신 세계를 재현하고 애초의 '죄책감'을 떠맡고 초월했으므로 이제 그 세계에 대해 진 빚을 청산했다고 느끼는 것입니까(보다시피 당신이 쓴 표현을 다시 사용했습니다)? 실제로 십여 년 전부터 당신의 책은 한 시대에 대한 역사적·사회적 재구성의 차원을 넘어선 것 같습니다. 『사건』 『단순한 열정』 『탐닉』 『집착』에서 당신은 오히려 내밀한 것에 집중하고 있더군요……

A. E.　해야 할 일이나 장봐야 할 물건 목록에서 차례로 줄을 그어 나가듯 문제를 점차적으로 청산한다는 관점에서 글쓰기를 바라보는 태도란 결코 있을 수 없습니다. 초월의 관점에서 바라보는 것도 불가능하고요. 어떤 측면에서 보면 오히려 그와는 반대로, 글쓰기는 초월할 수 없는 문제, 사회, 가족, 성(性)의 문제가 펼쳐지는 장소라고 할 수 있습니다. 내 경우 빚과 죄책감이 있다면 그것들은 결코 줄어들지 않을 것입니다. 무엇보다, 난 처음부터 지금까지 줄곧 같은 충동과 같은

갈등에서 출발하여 같은 목적을 겨냥하면서 글을 써온 것 같습니다. 그것은 바로 현실의 베일을 벗기는 것입니다.

어쨌든 몇몇 독자처럼, 당신도 예컨대 『아버지의 자리』와 『어떤 여자』, 그리고 『사건』과 『집착』 사이에서 어떤 차이점을 볼 수 있을 것입니다. 이 책들을 사회적 차원과 내밀한 차원으로 도식화할 수 있겠고요. 하지만 차이는 거기에 있지 않습니다. 『아버지의 자리』와 『어떤 여자』 속에서는 내 부모의 사회적 모습에 초점이 맞춰져 있습니다. 『밖에서 쓰는 일기』와 『외적인 삶』은 최근에 나온 책들인데, 이 속에는 제목들이 말해주듯 내밀한 것이라고는 전혀 없어요. 게다가 '나'라는 단어도 드물게 등장하죠. 반면 『단순한 열정』『사건』 그리고 『집착』에서는 『아버지의 자리』에서와 마찬가지로, '나'가 화자일 뿐만 아니라 이야기와 분석의 대상이기도 합니다. 이런 관점에서 볼 때 『부끄러움』은 '나'와 '사람들'이 동시에 등장하는 혼합 형태라고 할 수 있지요. 하지만 이 모든 텍스트들에는 언제나 동일한 객관화, 동일한 거리두기가 존재합니다. 그것은 내 내면에서 과거에 제기되었고 현재도 제기되고 있는 심리적 사실이나 사회적·역사적 사실에 관한 문제들입니다.

그리고 나는 처음부터, 그러니까 『빈 장롱』에서부터 이미 내밀한 것과 사회적인 것을 분리시키지 않았어요.

　내밀함이라는 개념에 대해 좀더 말하고 싶군요. 이 개념이 전면에 부각되기 시작한 것은 십여 년 조금 더 전인 것 같습니다. 이 개념은 '내밀한 글'이라는 문학적 분류를 만들어내면서 텔레비전과 잡지에서 소위 사회현상이라는 것에 대한 토론의 대상이 되고 있는데, 흔히 성의 영역과 다소 혼동되고 있지요. 하기야 이 개념이 오랫동안 성적인 것과 자주 연결되어 온 것은 사실이죠. 이 개념이 표면에 떠오르는 현상은 자기 자신과 세계에 대한 인식의 변화와 관계되며, 이 개념이 바로 그러한 변화의 표시라고 짐작할 수 있습니다. 어쨌든 현재로서는 내밀함이 텍스트들을 보고 접근하며 재분류하는 하나의 생각의 카테고리로 남아 있는 것은 여전하지만 말이죠. 이러한 사고방식과 분류방식은 내게 생경하게 느껴집니다. 어떤 순수한 나, 다시 말해 타인들과 법과 역사가 그 속에 현재하지 않는 순수하게 나일 뿐인 나를 생각한다는 것은 불가능하기 때문에, 내밀한 것은 언제나 그리고 여전히 사회적인 것이라고 생각합니다. 내가 글을 쓰는 동안 내 앞에 있는 모든 것은 사물이고 물질이며, 외부입니다. 그것이 내 감정이든 내 육체이든 내 생각이든, 혹은 지하철을 타고 있는 사람들의 행동이든 마찬가지입니다. 『사건』에는 내시경과 체액과 피가 통과해 간 성기, 그리고 사람들이 내밀한 것으로 분류하는 모든 것이 적나라하게 노출되어 있습니다. 하지만 그 내밀함은 그 당시의 법과 담론과 일반 사회로 되돌려 보내지게 되지요.

남성과 여성 독자가 한 텍스트에서 자기 자신의 모습을 읽고 있다고 느끼는 순간부터, 과연 내밀한 무엇이 존재한다고 말할 수 있을까요?

F. -Y. J.　어쩌면 내밀하고 개인적인 텍스트일수록 더욱 보편적일지도 모르겠다는 생각이 드는군요. 『아버지의 자리』와 『어떤 여자』 역시 개인적 경험을 환기시키고 있다는 점에서 내밀하고, 따라서 보편적이라 하겠습니다.

■ ■ ■ ■

F. -Y. J. "무슨 일을 하면서 어려움을 느껴도 계속 그 일을 해야 한다. 사람이 진정으로 새로운 무엇인가를 하는 것은 해결책을 발견하면서이다." 이것은 당신이 『탐닉』에서 인용한 화가 파벨 필로노프의 문장입니다. 내게 이 구절은 탐구중에 계속 나아가는 것이 특히 힘들고 위험하게 느껴질 때 소중한 정신적 버팀목이 되지요. 로제 라포르트 또한 이렇게 말했습니다. "늘 같은 방향으로. 그러나 반대 방향으로 가서는 절대 안 된다." T. S. 엘리엇 역시 그 나름대로 이렇게 썼지요. "매번의 모험은 언제나 새로운 시작이며, 표현되지 않은 것으로의 여정이다." 탐구를 진척시킬수록 더 큰 어려움을 느끼나요? 당신은 그렇게 끊임없이 진실을 탐구함으로써 어떤 대가와 희생을 치릅니까?

A. E. 1990년 퐁피두 센터에서 열린 파벨 필로노프의 작품 전시회에서 그 문장을 읽었습니다. 그 당시 나는 시도하고 있던 것에 회의를 느끼고 있던 탓에, 심각하게 사기가 꺾여 있었어요. 그리고 그 구절을 읽으면서 그가 옳다는 사실을 이내 깨

달았죠. 계획을 포기하지 않는다, 생각처럼 일이 진행되지 않는다는 핑계로 본질적인 욕망을 포기하지 않는다, 바로 그것이었습니다. 반대로 어려움은, 그리고 솔직히 말해서 심리적 차단은 새로운 예술적 해결책들을 만들어내고 발견하지 않으면 안 되게끔 합니다. 『아버지의 자리』는 바로 그런 식으로 씌어졌습니다. 하지만 동시에, 어려움과 정면으로 맞닥뜨려야 한다는 확신과 포기하지 말아야겠다는 의무감은 글쓰기의 실현을 오히려 어렵게 만들지요…… 그 현실로 인해, 내 글쓰기에 대한 일기는 견디기 힘든 고뇌들로 점철되어 있습니다. 내면일기와는 달리, 그 일기를 다시 읽는 것이 정말 끔찍하게 느껴질 정도죠. 따지고 보면 늘 문제되는 것은, 진실에 도달할 수 있거나 진실을 생산할 수 있는 형태에 대한 탐구입니다. 여러 가능성 가운데 하나가 아닌 바로 그 형태, 유일한 그 형태에 대한 탐구 말이죠. 비허구의 테두리 안에 존재하는 어떤 형태요. 내가 점점 더 비싸게 값을 치르는 것은 바로 자유에 대한 대가인 동시에 채우기 힘든 욕구에 대한 대가입니다.

F. -Y. J. 당신의 작품이 어떻게 만들어지는지를 지켜보면

서 나는 깊이 매혹되고 있습니다. 거의 현기증이 느껴질 정도로군요. 그리고 나 자신에게 묻습니다. 이렇게 해서 과연 어디까지 나아갈 수 있을까? 당신의 책을 읽은 뒤에 가장 강렬하게 남는 인상은 당신 자신이 거기까지 감으로써 일을 한걸음 더 진척시켰다는 것입니다. 당신은 어디까지 갈 것인지 스스로 묻습니까? 때로는 망설이기도 하나요?

A. E.　당신이 정확히 무슨 말을 하려는지 잘 이해되지 않는군요. 하지만 어렴풋이 느낄 수는 있어요. 당신도 나처럼 글쓰기를 하나의 탐구처럼 또한 위험한 무엇처럼, 잠시라도 느슨하도록 내버려둘 수 없는 엄격함의 요구처럼 인식하고 있음을 내가 알기 때문입니다. 아마 우리가 의지할 수 있는 신화에는 글쓰기의 신화와 고통의 신화(플로베르!), 프로메테우스적인 탐구의 신화(랭보……)가 있겠지요. 하지만 그런 태도가 때로는 짜증스럽게 비칠 때도 있다는 사실을 솔직히 인정해야 합니다. 어쨌든 내가 앎의 한 방법처럼, 일종의 사명처럼, 마치 내가 그것을 위해 태어나기라도 한 듯 그것이 정말 의미하는 바가 무엇인지도 모르면서 늘 가능한 한 더 멀리 가야 하는 임무를 짊어진 양 글쓰기를 생각하는 것은 사실입니다. 당신

의 물음에 대답하는데, 문득 도스토예프스키가 「죄와 벌」에
서 라스콜리니코프에 대해 쓴 글이 뇌리를 스치는군요. "존재
하기 위해 산다? 하지만 하나의 관념을 위해, 하나의 희망을
위해, 하나의 변덕을 위해서조차도, 그는 항상 자신의 존재를
천번이라도 바칠 준비가 되어 있었다. 삶은 그에게 한 번도 충
분했던 적이 없었고 그는 언제나 더 많은 것을 요구할 따름이
었다." 난 이 구절을 외우고 있어요. 1963년의 내 수첩 첫 페이
지에 이 문장을 적어두기까지 했답니다. 그해는 바로 내가 첫
소설을 쓴 해였죠. 물론 출판에는 실패했지만, 그것을 쓰는 동
안 난 정말 강렬한 삶을 살았어요. 내가 쓴 다른 사람의 문장
들 또한 나 자신의 진실을 표현해줍니다. 오직 삶만이 있는
삶, 그 삶은 충분하지 않아요……

뉴욕―파리,

2001년 6월～2002년 9월

| 주 |

1) 이 글의 이해를 돕기 위한 아니 에르노의 작품 목록과 출판 연도는 다음과 같다. 『빈 장롱*Les Armoires vides*』(1974), 『그들이 말하는 것, 혹은 아무것도 아닌 것*Ce qu'ils disent ou rien*』(1977), 『얼어붙은 여자*La Femme gelée*』(1981), 『아버지의 자리*La Place*』(1984), 『어떤 여자*Une Femme*』(1988), 『단순한 열정*Passion simple*』(1992), 『밖에서 쓰는 일기*Journal du dehors*』(1993), 『나는 나의 밤을 떠나지 않는다*Je ne suis pas sortie de ma nuit*』(1997), 『부끄러움*La Honte*』(1997), 『사건*L'Événement*』(2000), 『외적인 삶*La vie extérieure*』(2000), 『탐닉*Se perdre*』(2001, 원제는 '길을 잃다'이며, '탐닉'이란 제목으로 문학동네에서 출간), 『집착*L'Occupation*』(2002). 이 책들은 모두 갈리마르 출판사에서 출간되었다.

2) Anaïs Nin, 1903~1977. 세계적인 피아니스트이자 작곡가인 아버지 덕분에 어릴 적부터 여러 나라를 돌아다니면서 세계의 예술계와 교류할 수 있었다. 그녀는 영국의 소설가 D. H. 로런스에 관한 에세이 「*D. H. Lawrence, an Unprofessional Study*」 외에, 「정원의 거울 *Les Miroirs du jardin*」(*Ladders of Fire*, 1946), 「알바트로스의 자식들 *Les Enfants de l'albatros*」(*Children of the Albatross*, 1947), 「미래의 소설*Le Roman du futur*」(*Novel of the Future*, 1969) 등의 소설을 발표했다. 하지만 질적 측면에서나 만오천 페이지가 넘는 분량의 양적 측면에서나, 대표작으로는 단연코 그녀의 「일기*Journal*」가 손꼽힌다. 「일기」는 1966년부터 출판되기 시작했지만, 당시 유명 인사들의 내밀한 사생활에 관한 부분을 포함하고 있어서 모두 출판되지는 못했다. 그녀는 이 작품을 통해 자기 정체성에 대한 고통스러운 탐구를 하고 있으며, 그녀의 소설들 또한 상당히 자전적 성격을 띠고 있는 것으로 알려져 있다.

3) Serge Doubrovsky, 1928~ . 파리고등사범학교 출신. 소설가가 되기 전에 먼저 전통적 문학비평의 단절을 단호히 선언한 문학비평가로 활약했다. 비평서로 『왜 신비평인가?*Pourquoi la nouvelle critique?*』(1968),

『마들렌의 자리 *La Place de la madeleine*』(프루스트, 1974), 『비평 여정 *Parcours critiques*』(1980), 『자전적인 것들 *Autobiographiques*』(1988)이 있다. 그는 소설을 쓰면서 스스로를 정신분석하고, 그러한 분석 작업을 글쓰기와 동일시했다. 그 결과 생산된 작품들을 스스로 '자전적 허구(autofiction)'라고 명명했다. 소설로는 『아들 *Fils*』(1977, '실가닥들'로 번역될 수도 있다), 『자기애 *Un amour de soi*』(1982), 『좌초한 책 *Le Livre brisé*』(1989, 메디치 상 수상), 『차후에 살기 *L'Après-vivre*』(1994), 『동화를 위해 남겨지다 *Laissé pour conte*』(1999) 등이 있다.

4) minimalisme. 원래 현대 미술의 한 경향을 일컫는 용어로서, 수많은 세부 사항을 엄격하고 기하학적인 형태로 묘사함으로써 복합적인 주제를 극도로 단순화된 작품으로 변형시키는 극사실적 테크닉을 말한다. 단순하고 기하학적인 하나의 주제를 극히 세부적인 변형만을 일으키면서 무한정으로 반복하는 음악 형태를 일컫는 개념이기도 하다. 프랑스 문학에서 미니멀리즘은 1980년대 이래 미뉘 출판사를 통해 작품을 발표한 일군의 누보로망 후세대 작가들 중심으로 주로 논의된다. 서정주의와 세심한 심리 분석을 거부하고 극도로 경제적이고 세밀하고 정확한 묘사와 단순한 플롯을 사용하여, 끊임없이 해체되는 지형적, 시간적, 실존적 공간을 재현하는 경향이 이들 작가들의 중요한 특징으로 꼽힌다.

5) 프루스트의 「잃어버린 시간을 찾아서」에 나오는 그 유명한 마들렌 과자의 일화에 빗대어, 감각을 통해 추억이 일시에 되살아나고 연상되는 순간을 암시하고 있다.

6) 장 벨맹 노엘(Jean Bellemin-Noël)이 '전텍스트(l'avant-texte)'라는 용어를 제시(『텍스트와 전텍스트 *Le texte et l'avant-texte*』, Larousse, 1972)하기 전까지는 출판 이전의 텍스트들을 지칭하기 위해 '초고(brouillon)'라는 단어만을 썼다. 이 단어는 글이 미처 텍스트화되지 않은 혼란 상태에 있다는 의미를 환기시킬 뿐만 아니라, 글쓰기가 어떤 일관된 방향성을 지닌 연속적인 작업의 한 단계로만 인식됨을 암시한다. 그러나 '전텍스트'라는 새로운 개념은, 출판된 텍스트는 출판 이전의 텍스트를 수정한 마지막 결과물일 뿐 어떤 결정적인 완성으로서의 가치를 지니는 게 아니라는

개념에서 출발한다. 즉 수정을 겪게 되는 각 단계의 버전들은 그 자체로서 하나의 잠재적인 텍스트로서의 가치를 지니며, 출판된 텍스트는 작가가 어떤 불확실한 모색 속에서 어느 순간에 종지부를 찍은 결과일 뿐이라는 것이다. 이러한 개념은 주체의 전적인 통제력에 대한 회의를 근거로 하는 현대적인 글쓰기 개념과 연결되어 있다. 그런데 이 용어가 대중화되면서, 원래의 의미를 망각하고 단순히 '초고'로 오용되는 경우가 종종 있다.

7) Jules Renard, 1864~1910. 불행한 어린 시절을 이야기한 「홍당무 *Poil de Carotte*」를 쓴 소설가로 잘 알려진 그는 사실주의 희곡 작가이기도 하며, 묘사에도 능하다. 사후인 1928년에 1887년에서 1910년 사이에 쓴 일기가 출판되었다. 매우 뛰어난 문체 때문에 프랑스의 초등학교 국어 교과서에서까지 그의 문장이 종종 인용되는데, 그의 작품세계는 그 이상으로 훨씬 높이 평가받을 만하다.

8) Haute-Savoie. 스위스와 맞닿은 지방으로, 중심 도시는 안시(Annecy).

9) 공산당만을 가리키는 것은 아니다. 트로츠키주의자와 공산주의자 그리고 노동당원들이 연합한 '통일사회당(Parti Socialiste Unifié)' 또한 극좌파로 분류되며, 이들은 특히 이념의 차원에서 지식인들이나 학생들의 지지를 얻었다. 이 당에 관해서는 아니 에르노가 뒤에서 다시 언급할 것이다.

10) 역사적으로 프랑스는 방언이 특히 많은 나라다. 그러나 대혁명을 계기로 강력한 중앙집권체제가 채택됨에 따라, 당시 국민의 대부분을 차지하고 교회의 강력한 영향 아래 있던 농민들의 언어인 방언의 사용을 억제하고 프랑스의 가치, 즉 혁명정신을 담은 프랑스어를 전국적으로 보급하는 정책이 세워진다. 이 언어 정책은 1871년에서 1872년 사이 초등학교 무상 의무교육 제도가 실시되면서 비로소 더욱 가시적인 효과를 거두기 시작한다. 그 결과, 지금은 강력한 지역문화를 지닌 지방의 언어를 제외하고는 방언의 흔적이 거의 사라져버렸다. 이러한 역사적 배경을 고려할 때, 아니 에르노의 부모 세대에게 노르망디 방언은 공교육과 상관없이 생활 속에서 관습적으로 익힌 매우 친숙한 언어였다는 사실과, 그들의 방언 사용은 신분이나 교육 수준과 밀접한 관련이 있다는 사실을 좀더 잘 이해할 수 있다.

11) Front Populaire. 1934년 2월의 극우파의 결집과 시위에 대항하여, 그해
6월 사회당과 공산당이 행동을 같이하기로 협약을 맺으면서 이루어진
좌파 연합을 일컫는 이름. 이 연합은 1936년에 좌파가 권력에 오르는 계
기를 형성해주었다. 레옹 블룸이 이끈 좌파 정부는 중요한 사회적 개혁
을 단행했다. 그 결과 노동조합의 강화, 임금 인상, 주당 40시간 노동과
유급 휴가, 철도청 국유화 등이 실현되었다. 1938년 3월, 레옹 블룸은 에
두아르 달라디에가 이끄는 온건파에 권력을 이양하고, 그 이듬해에 프
랑스는 전쟁으로 돌입하게 된다.

12) Pierre Bourdieu, 1930~2003. 프랑스 사회학자. 그는 특히 최근 십 년
이래 극좌파 운동의 중요한 철학적·사회학적 참조 대상으로서 인식되
고 있다.

13) Organisation Armée Secrète. 1961년 4월 21일 알제리에서의 군사 쿠데
타 실패 이후, 주오와 살랑 등의 장군과 몇몇 정치인들의 선동으로 결성
된 극우 비밀 단체. 이들은 '프랑스 알제리'를 주장하고 알제리 독립을
반대하며, 테러리즘을 포함한 모든 수단과 방법을 동원하여 드골 대통
령의 알제리 정책에 반대했다. 이들의 활동은 1962년 3월 에비앙에서 양
국간의 협정이 최종적으로 승인되던 무렵에 가장 극심했지만, 이 단체
의 우두머리들은 곧 체포되었다.

14) Pierre Mendès France, 1907~1982. 프랑스 좌파 정치인들의 정신적 지
도자 가운데 한 사람. 2차 대전 당시에는 독일군에 저항하여 레지스탕스
로도 활동했으며, 전후에는 프랑스의 알제리 식민지 정책에 반대했다.
그는 국회의원으로서, 그리고 좌파 정치인으로서 드골 대통령 체제에
대립 각을 세웠고, 1962년 대선 당시에는 강력한 카리스마를 지닌 한 개
인을 대통령으로 선출하여 그에게 권력을 집중시키는 것의 위험성을 지
적하면서 드골에게 반대표를 던졌으며, 더 나아가 국민투표에 의한 대
통령 선거제도 자체에 대해 반대를 표명했다. 그의 이론의 정당성은
2002년 프랑스 대통령 선거 당시 극우파의 지도자 르 펜(Le Pen)이 강
력한 대통령 후보로 부상한 사실로 어느 정도 입증된 셈이다.

15) Maurice Nadeau, 1911~ . 고등사범학교 출신. 비평가이자 출판인.

1945년 문학교수직을 포기하고 대학을 떠난 그는『초현실주의 역사
L'Histoire du surréalisme』를 집필했고, 이 작품은 여전히 커다란 권위
를 지니고 있다. 같은 해에 파스칼 피아(Pascal Pia)의 권유로 일간지
『콩바*Combat*』 발행에 관여하게 되었으며, 1951년에는 사장의 지위에
오른다. 뿐만 아니라『프랑스 옵세르바퇴르*France-Observateur*』『렉스
프레스*L'Express*』 등의 시사 잡지에 날카로운 문학비평을 실으면서 비평
가로서 위치를 굳히는 한편, 메르퀴르 드 프랑스(Mercure de France),
쥘리아르(Julliard), 드노엘(Denoël) 등의 출판사에서 자신의 총서를 기
획하기도 했다. 특히 발행인으로서 문학잡지『새로운 문학*Lettres
Nouvelles*』(1953)과 보름마다 발행되는 문학신문『캥젠 리테레르*Quain-
zaine littéraire*』(1966)의 창간은 특기할 만하다. 이와 같은 다양한 출판
활동을 통해 그는 조르주 바타유, 사뮈엘 베케트, 앙리 미쇼, 나탈리 사
로트, 레몽 크노, 미셸 레리스, 클로드 시몽 등 수많은 굵직한 작가들을
발굴하여, 자신의 안목을 입증시켰다.

16) Louis Aragon, 1897~1982. 초현실주의 작가. 앙드레 브르통과 필리프
    수포와의 만남을 통해 그는 작가로서의 소명에 확신을 갖게 되었고, 그
    들과 함께 잡지『문학*Littérature*』(1919)을 창간했다. 또한 트리스탕 차
    라(*Tristan Tzara*)가 이끈 다다 모험에도 가담했지만, 그와는 곧 결별하
    고(1921) 브르통, 엘뤼아르 등과 함께 초현실주의 운동의 토대를 마련
    했다. 그리고 혁명에 대한 열정으로 세 차례 소련을 방문하였고(1930,
    1931, 1932), 한동안은 사회주의 리얼리즘 경향으로 기우는 듯했다. 그
    러나 스탈린의 죽음, 부다페스트의 봉기 등, 제2차 세계대전 이후 벌어
    진 일련의 사건들을 목격하면서 아라공은 환멸을 느꼈고, 그 반향은「미
    완의 소설*Roman inachevé*」(1956)에 잘 드러난다. 그리하여 그의 작품
    세계는 또 한번 방향을 선회하게 된다.

17) Luis Buñuel, 1900~1983. 스페인 영화 감독. 초현실주의자. 자기 모순
    에 빠지지 않으며 말할 수는 없으며, 모든 경험과 사물 혹은 경험의 대립
    적인 양상을 해명하는 것도 불가능하다는 것을 너무도 잘 알고 있었기
    때문에, 그는 언어를 불신하고, 이미지의 세계를 더 좋아했다. 〈안달루

시아의 개*Un chien andalou*〉(1928)에서 〈이 알 수 없는 욕망의 대상
Cet obscur objet du désir〉(1977)에 이르기까지 그의 영화작품들은 그
의 삶만큼이나 모순들로 가득하다. 사드의 후예이자 초현실주의자인 그
에게 영화는 모순을 표현하는 장(場)이었다. 초현실주의 미학이 실현된
〈황금시대*L'Âge d'or*〉(1930), 현실을 바탕으로 한 〈빵 없는 땅*Terre sans
pain*〉(1932) 외에도 〈비리디아나*Viridiana*〉(1961, 칸 영화제 황금종려
상 수상), 〈메꽃*Belle de jour*〉(1967, 베니스 영화제 황금사자상 수상)
등 다수의 영화로 칸, 베니스 등의 영화제에서 여러 차례 입상함으로써,
영화계에서 확고한 위치를 차지했다.

18) 앙드레 브르통은 1924년 잡지『초현실주의 혁명』창간호에「시체*Un
cadavre*」라는 글을 싣는다. 이것은 폴 클로델에게 보낸 일종의 공개 서
한으로서, 이 글에는 가톨릭교의 신봉자이자 민족주의자이며 제국주의
자였던 클로델에 대한 강력한 비판이 담겨 있다. 한편 그는 민족주의자
이며 아카데미 프랑세즈 회원이었던 아나톨 프랑스에 대한 공개적인 비
난도 서슴지 않았다. 명료함과 고전주의 미학과 이성에 대한 확고한 신
뢰를 바탕으로 하는 아카데미 프랑세즈 정신이 반(反)순응주의와 정치
적·정신적 혁명을 주장하던 초현실주의자의 비난의 대상이 된 것은 당
연하다.

19) 중도 좌파 경향의 신문.

20) 하나의 '혁명'으로 인식되며 가치관의 대변혁을 일으킨 1968년 5월은
여성운동에 커다란 전기가 되었다. 이때의 여성운동은 여성과 남성의
본질적 성차 인식에 바탕을 두고 여성문제에 접근한 진영과, 여성의 경
제적·사회적·정치적 불평등을 해소하기 위한 결집과 행동을 주장한 좌
파운동으로 크게 나눌 수 있다. 지젤 알리미는 시몬 드 보부아르와 함께
"여성으로 태어나는 것이 아니라 여성으로 만들어진다"는 여성의 실존
적 조건에 대한 인식에서 출발하여, 여성의 권리 회복을 위한 운동을 펼
쳤는데, 이것이 바로 '선택하기 운동'(1971)이었다. 이 운동은 '낙태와
피임의 자유를 위한 운동(Mouvement pour la Liberté de l'Avortement
et de la Contraception)'(1973)과 함께 대표적인 극좌파 여성운동으로

꼽힌다.

21) 델리 마리(Delly Marie, 1875~1947)와 프레데리크 프티장 드 라 로지에르(Frédéric Petitjean de la Rosière, 1876~1949) 남매의 가명. 꽤 여러 편의 연애소설을 공동 집필했으며, 대중적인 인기를 얻는 데 성공했다. 대표작으로 「두 영혼 사이에 *Entre deux âmes*」「미스티 *Misti*」「증오하는 가슴들 *Cœurs ennemis*」 등이 있다.

22) Élisabeth Barbier, 1911~1996. 프랑스의 소설가. 대표작으로 「모가도르 사람들 *Les Gens de Mogador*」이 있다. 이 작품은 1852~1920년, 즉 프랑스 제2제정부터 제1차 세계대전까지, 프로방스 지방의 시골에서 전쟁과 질투와 사랑, 땅에 대한 애착 등에 휘말리는 한 가족의 역사를 그리는 6권의 대하소설이다. 이 작품은 1972년 초반, 프랑스-독일-스위스-캐나다 합작 드라마로 제작되어 큰 성공을 거두었다.

23) Archibald Joseph Cronin, 1896~1981. 영국 소설가. 자전적 소설로 「성채 *The Citadel*」가 있다. 대개 전통적 스타일을 유지하면서 사회적 탐구의 가치를 띤 작품들이 많다. 대표작으로 「해터의 성 *Hatter's Castle*」「녹색의 세월 *The Green Years*」「섀넌의 길 *Shanonn's Way*」「천국의 열쇠 *The Keys of the Kingdom*」 등이 있으며, 몇몇 작품들은 영화 시나리오로 각색되기도 했다.

24) Philippe Sollers, 1936~ . 프랑스의 소설가, 에세이스트. 발레리의 미학에서 영향을 받고 프랑스 공산당에 가입하고 마오쩌둥의 사상에 심취한 그는 또한 예술가에게 예외적인 위치를 부여하는 보들레르를 닮기를 원했다. 이처럼 자신의 다양한 이미지를 끊임없이 증식시키기를 주저하지 않았으며, 모순된 것을 말할 권리가 작가에게 있음을 주장하기도 했다. 첫 작품 「도전 *Défi*」(1957)부터 「파라다이스 *Paradis*」(1981)까지, 그는 단일한 정체성을 지닌 '나'라는 환상을 깨고 그것을 허구로서의 언어로 대체하는 작업에 자신의 자전적 요소들을 총체적으로 활용했던 것 같다. 그는 주체와 언어의 동일성을 부정하고, 글쓰기란 언어가 주체를 통과하는 하나의 과정이자 몸짓일 뿐 결코 주체를 표현하는 작업이 아니라고 생각했다. 그리고 로트레아몽, 말라르메, 아르토, 바타유뿐만 아니

라 마르크스와 프로이트를 섭렵하면서 현대적 '단절'을 받아들였다. 다른 한편 그의 문학적 여정은 1960년에 창간된 문학잡지『텔켈 *Tel Quel*』과도 밀접한 관련이 있다. 이 잡지를 통해 그는 사드, 바타유, 아르토, 로트레아몽 등의 작가들을 재평가하고 바르트, 데리다, 라캉의 글이나, 바흐친, 러시아 형태주의자들을 프랑스에 알린 크리스테바의 연구에 화답했다.『텔켈』의 폐간(1982)과 동시에 쇠유에서 갈리마르로 출판사를 옮겼고, 이듬해『랭피니 *L'Infini*』를 창간했다. 그후로도「여인들 *Femmes*」(1983),「황금백합 *Le Lys d'or*」(1989),「베니스에서의 축제 *La Fête à Venise*」(1991),「비밀 *Le Secret*」(1993),「스튜디오 *Studio*」(1997),「고정된 열정 *Passion fixe*」(2000),「연인들의 별 *L'Étoile des amants*」(2002) 등의 소설과, 에세이집『무한에 대한 찬양 *L'Éloge de l'infini*』(2001),『18세기의 자유 *Liberté du XVIIIème*』(2002) 등을 발표하며 여전히 왕성한 활동을 벌이고 있다.

25) Lawrence George Durrell, 1912~1990. 아일랜드 출신의 영국 소설가이자 시인. 유럽의 여러 나라들을 여행했고, 일찍부터 글을 쓰기 시작했다. 대표작으로는 '알렉산드리아 4중주 The Alexandria Quartet'라는 제목으로 묶인 네 편의 소설(1957~1960)과, 프랑스 남부지방에 정착한 뒤에 발표한, '아비뇽 5중주(The Avignon Quintet)'라는 제목으로 묶인 다섯 편의 소설(1974~1985)을 들 수 있다. 그는 20세기에 적합한, "고전적이라는 이름이 어울릴" 새로운 소설 형태를 찾는 것이 목표라고, 그의 '알렉산드리아 4중주'에 속하는 소설「발타자르 *Balthazar*」(1958) 서문에서 밝히고 있다. 다양한 등장인물과 복잡한 이야기 구조가 특징적이다.

26) Malcolm Lowry, 1909~1957. 영국 소설가. 세상의 복합성에 대한 감정을 표현하는 데 관심을 기울인 작가. 대표작으로「화산 밑에서 *Under the Volcano*」를 꼽을 수 있다. 이 작품은 기이하고도 황량한 어느 멕시코 유적지를 배경으로, 상징적 기법을 통해 장소들에 대한 구체적 경험이 환상적인 세상으로의 끝없는 여행으로 이어지는 비전을 제시하고 있다.

27) Carson McCullers, 1917~1967. 미국의 여성 소설가. 대표작으로「슬픈

카페의 노래 *The Ballad of the Sad Café*」가 있다.

28) Roger Grenier, 1919~ . 프랑스 소설가. 탁월한 단편소설 작가이자 에세이스트. 대표작으로 「물거울 *Le Miroir des eaux*」이 있다.

29) Inès Cagnati, 1937~ . 프랑스의 여성 소설가. 처녀작 「휴일 *Le Jour congé*」로 로제 니미에 상을 수상했으며, 대표작 「미치광이 제니」로 되 마고 상을 수상했다.

30) Jacques Borel, 1925~2002. 프랑스 소설가. 1965년 처녀작 「열렬한 사랑 *L'Adoration*」으로 공쿠르 상을 수상했다.

31) 「미친 사랑 *L'Amour fou*」(1937)은 「나자」가 보여주는, 기존의 인식을 전복시키는 격렬한 아름다움과 사랑에 대한 탐구를 연장하고 발전시킨다. 이론적 고찰과 자전적 이야기와 순수 시적 요소들이 그 속에 삽입된 사진들과 어울려 하나의 텍스트를 이루는 작품으로, 어떤 장르로도 축소될 수 없다는 평가를 받는다.

32) 프레데리크 이브 자네가 아니 에르노의 글쓰기 특징을 '임상적'이라는 표현으로 정의한 사실을 여기서 떠올려야 할 것이다.

33) 1929년부터 시작한 정신분석의 경험이 레리스가 자유롭게 글을 쓸 수 있게 하는 데 기여했을 것으로 짐작된다. 그는 자신의 내면을 고백하고자 하는 욕구와 함께 불확실한 기억에 의지하여 미지의 내면세계를 추적해야 할 필요성을 느끼게 되었다. 모호한 만큼 그것의 진실성은 창조적 글쓰기에 의한 복원작업에 의해서만 얻어질 수 있다. 그의 글쓰기가 '사진합성' 기법을 연상시키는 「성년 *L'Âge d'homme*」(1939)은 진실성에 대한 끊임없는 추구 속에서도 주관성의 힘을 분명히 인식한 현대적 형태의 자전적 글쓰기의 새로운 시작으로 평가된다.

34) Pascal Quignard, 1948~ . 프랑스의 소설가, 에세이스트. 그의 작품세계는, 에세이든 소설이든 콩트든 그 장르와 상관없이, 글쓰기와 문학 그리고 책을 통한, 독자와 작가라는 두 형태의 고독 사이의 신비스러운 소통에 대한 성찰이 큰 부분을 차지한다. 그에게 문학은 언어, 성, 죽음 속에 갇혀 있는 말하는 주체를 해방시키기 위한 장소이며, 그 통로는 비록 임시 방편에 지나지 않는다 할지라도, 비실제 세계를 향해 출구를 열어

주는 '허구'이다. 그가 특히 선호하는 대상 세계는 크게 고대 로마 문명과 17세기 프랑스 장세니스트들이다. 대표작으로「독자 *Le Lecteur*」「은밀한 생 *La Vie secrète*」「떠도는 그림자들 *Les Ombres errantes*」(공쿠르 상 수상), 그가 애호하는 음악세계를 소재로 한「세상의 모든 아침 *Tous les matins du monde*」, 그리고 그의 라틴 문명에 대한 지식이 유감없이 발휘된「성과 공포 *Le Sexe et l'Effroi*」등을 꼽을 수 있다.

35) Jacques Roubaud, 1932~ . 프랑스의 소설가, 수학자, 시인, 에세이스트. 일반적인 문학의 틀에서 벗어난 실험적인 글쓰기를 시도하여 1960년대 프랑스 문화계에 큰 반향을 일으킨 실험문학그룹 울리포(OuLiPo)에서 활동했다. 대표작으로「아아, 도시의 형태는 사람의 마음보다 빨리 변하는구나 *La Forme d'une ville change plus vite, hélas, que le cœur des humains*」「루이스의 세계가 가진 다양성 *La Pluralité des mondes de Lewis*」등이 있다.

36) Ferdinando Camon, 1935~ . 베네치아 지방의 파도바 태생.「제5의 상태 *Il Quinto Stato*」로 대중의 커다란 호응을 얻는 데 성공했다. 이 작품은 그 다음에 발표되는「영원한 삶 *La Vita eterna*」「어머니를 위한 제단 *Un altare per la madre*」과 함께 방대한 분량의 3부작을 구성하는데, 이 속에서 작가는 어머니의 삶에 내재하는 지상의 가치들을 재현하면서 그녀에 대한 추억을 재구성하고 있다. 그리고 자신의 정신분석 경험을 바탕으로 한 자전적 소설「인간이라 불리는 질병 *La Malattia chiamata uomo*」또한 특기할 만한 작품이다.

37) Jean Starobinski, 1921~ . 스위스 출신의 의사이자 문학비평가. 첫 비평집『몽테스키외 *Montesquieu*』(1954)와『장 자크 루소, 투명함과 장애물 *Jean-Jacques Rousseau, la transparence et l'obstacle*』(1958)에서부터 이미 뛰어난 비평가로서의 면모를 보여주었다. 그는 그의 두번째 비평집 서문에서 이렇게 쓴다. "작품의 가치와 질서를 작품 바깥에서 부과하고, 그것을 미리 정해진 기준에 따라 분류하는 경직된 비평보다는 텍스트들에 내재하는 질서와 무질서를 드러내고 작가의 생각을 조직하는 관념들과 상징들을 끄집어내는 독서를 우리는 선호한다." 그의 비평

이론은 특히 「깨어 있는 눈 *L'œil vivant*」(1961)과 「비평적 관계 *La Relation critique*」(1970) 서문에서 체계화된다. 구조주의와 거리를 두는 비평입장으로 인해, 흔히들 마르셀 레몽(Marcel Raymond), 장 루세(Jean Rousset), 알베르 베겡(Albert Béguin), 조르주 풀레(Georges Poulet)와 더불어 그를 제네바 학파로 묶기도 한다.

38) Michel Butor, 1926~ . 프랑스 소설가. 1950년대 누보로망의 대표적인 작가 중 한 사람. 프랑스에서 고등학교 교사를 하다가 이집트, 그리스, 스위스에서도 교편을 잡은 후 작가생활을 시작하였다. 「시간의 사용 *L'Emploi du Temps*」「변경 *La Modification*」(르노도 상 수상) 등을 통하여 일상적 현실의 배후에 있는 전체적 구조를 정밀한 기교를 다해 투시하려 했다.

39) Hans Robert Jauss, 1921~1997. 독일 콘스탄츠 대학 문학교수 역임. 문학 생산과 모방에 대한 전통적 이론에 대립되는 수용이론을 처음으로 내세우고, '콘스탄츠 학파'라는 이름 아래 일군의 문학 연구자 그룹을 이끈 문학비평 이론가였다. 그는 독자를 문학 소통의 핵심 주역으로 간주하고, 소설 작품이 독자들의 기대를 어떻게 고려하는지 그리고 새로운 작품의 형태가 독자들의 기대에 어떻게 의존하는지를 보여주었으며, '기대 지평'이라는 새로운 개념을 만들어 자신의 수용미학 이론의 중심 개념으로 삼았다.

40) Gerard Genette, 1930~ . 프랑스 문학비평가. 20세기 문학이론과 기호학 분야에서 독보적이고 견고한 성채를 쌓았다는 평가를 받는다. 주네트의 문학비평은, 미리 정해진 외생적 기준들을 문학작품에 강요하는 프로크루스테스적 난폭함과 소박한 경험주의에 안주하는 인상비평을 동시에 피하는 제 나름의 유연한 형식적 분석에 바탕을 두고 있었다. 1970년부터 1978년까지는 동료 문학비평가 츠베탕 토도로프와 함께 문학이론지 『시학 *Poétique*』을 공동 주재했다.

41) Valery Larbaud, 1881~1957. 폭넓은 문화적 소양을 갖춘 소설가이자 번역가이며 에세이스트. 세계 여행을 즐겼고, 제임스 조이스의 작품을 주로 번역했다. 소설로는 「페르미나 마르케스 *Fermina Marquez*」「연인

들, 행복한 연인들*Amants, heureux amants*」 등이 있으며, 1955년에는
「일기*Journal*」를 출판했다. 또한 심미주의 이론가이며, 직업적 작가가
아닌 문학 애호가로 인식되기를 원했던 그는 그의 소설「A. O. 바나부스
A. O. Barnabooth」의 주인공 바나부스와 종종 동일시되기도 한다.

42) Cesare Pavese, 1908~1950. 이탈리아 작가. 영국소설 번역가로 출발하
여 시인으로 변신했다. 그의 시에서는 고독과 죽음에 대한 강박관념이
강하게 표현되고 있다. 후기에는 주로 소설을 썼는데, 즉각적이고 일상
적인 현실을 직시하려는 욕망과, 자기 자신으로 돌아오기 위해 자연과
사람들로부터 거리를 두려는 욕구 사이에서 갈등하면서, 산문적 언어의
정확성과 명료함 때문에 고뇌하였다. 반파시스트 사상 때문에 칼라브리
아에 억류(1935~1936)되다시피 한 뒤에 심각한 정신적 위기를 맞게 되
고, 그때부터 일기를 쓰기 시작하는데, 그 속에는 그를 자살로 이끈 동기
들이 묘사되어 있다.

43) Paul Nizan, 1905~1940. 프랑스의 철학자, 에세이스트, 소설가. 1924
년 고등사범학교에 입학하지만, 정치적 입장에 대한 결단을 내리지 못
하고 세상에 대해 반항하다가, 1925년 급작스럽게 아라비아 반도의 아
덴으로 떠난다. 그로부터 2년 후에 프랑스로 돌아와 프랑스 공산당에 입
당하고 「아라비아 반도, 아덴*Aden Arabie*」(1931)을 발표한다. 그 여행
을 통해 그는 전혀 미화되지 않은 자본주의 사회의 적나라한 모습을 발
견했다. 부르주아지와 그것의 교육과 문화를 총체적으로 격렬한 어조로
고발하는 이 작품에는 단순히 파괴적 측면만 있는 것이 아니라, 마르크
스주의 도덕의 이상을 건설하려는 젊은 철학도의 열정과 서정주의와 약
간의 허영도 엿보인다.

44) Nathalie Sarraut, 1900~1999. 프랑스의 여성 소설가. 누보로망의 대표
적 작가로 알려져 있지만, 이와 같은 분류의 좁은 틀을 벗어나 독자적 시
학을 가진 작가라는 평가를 받고 있다. 대표작으로 「유년기*Enfance*」
「황금열매*Les Fruits d'or*」 등이 있다.

45) 원래 '리베르티나주(자유사상)'는 17세기 전반에 나타난 프랑스의 독
특한 사상적 움직임을 일컫는다. 이것은 르네상스 시대의 인문주의를

계승하면서, 전적으로 자유의지에 기대어 육체를 마음껏 향유하고 종교로부터 분리된 자유로운 지적 활동을 펼 권리를 주장했으며, 18세기에는 특히 로망 리베르탱(roman libertin)이라 불리는 소설 경향을 낳기도 했다. 이 움직임은 곧 가톨릭 교회와 결탁하고 절대왕정을 꿈꾸던 정치세력의 검열과 탄압의 대상이 되었지만, 사상과 쾌락의 자유는 프랑스적 가치를 구성하는 주요 개념으로서 현대까지 이어진다. 앙드레 브르통과 함께 대표적인 초현실주의 작가로 꼽히는 아라공의 「리베르티나주」(1924)는 그의 단편과 희곡 모음집이다. 이 속에서 작가는 표면적인 낭만주의와 감상주의의 거부, 자유와 사랑 그리고 언어 해방을 실천하면서 독자들을 선동하고 있다.

46) 루이스 부뉴엘(Luis Buñuel, 1900~1983)의 작품. 이 영화는 검열로 인해 상영금지 판정을 받았다가 1982년에야 비로소 금지 조치가 공식적으로 해제되어 칸 영화제에 소개되고 TV로 방영되었다.

47) Claude Simon, 1931~ . 프랑스 소설가. 누보로망의 대표적 작가이다. 기억이 의식으로 되살아나는 무질서하고 유동적인 형태를 그대로 본뜬, 영상만으로 되어 있는 내적 독백의 문체를 구사하여, 자유에 대한 노스탤지어와 죽음으로의 접근에서 빚어지는 상극이 불러일으키는 내적 갈등을 멋있는 필치로 재현하였다. 1985년도 노벨문학상을 수상하였다. 대표작으로 「사기꾼 *Le Tricheur*」「바람 *Le Vent*」「플랑드르로 가는 길 *La Route des Flandres*」(렉스프레스 상 수상) 등이 있다.

48) Robert Pinget, 1919~1997. 스위스 제네바에서 법학을 공부하던 그는 예술을 하기 위해 전격적으로 파리로 떠났다. 그는 누보로망 계열의 작가들의 영향을 받아 보다 엄격한 자세로 글쓰기에 임하게 되면서, 초기 작품들과는 전적으로 달라진 작품세계를 구축하기에 이르렀다. 페미나상을 받은 「아들 *Le Fiston*」(1959), 「어떤 사람 *Quelqu'un*」(1965), 그리고 글쓰기의 개성이 완성된 면모를 보여주는 「심문 *L'Inquisitoire*」(1962) 등, 다양한 작품들 속에서, 그는 시간과 지명들, 등장인물들의 목소리를 혼합함으로써 이야기의 실마리를 미궁에 빠뜨리는 그 특유의 복잡한 서사 구조를 보여준다. 그리고 음악을 모델로 거의 추상적인 글

쓰기를 시도함으로써 한동안 독자들에게 상당히 까다로운 작가로 인식
되기도 했다. 「몽상씨 *Monsieur Songe*」(1982)와 그의 수첩, 「테오 혹은
새로운 시간 *Théo ou le Temps neuf*」(1991)은 다른 누보로망 계열의 작
가들처럼 그 역시 자전적 글쓰기로 선회했음을 보여주었다.

49) Xenophōn, BC 430?~BC 355?. 그리스의 군인, 역사가.

50) Marguerite Yourcenar, 1903~1987. 벨기에 태생의 프랑스 작가. 처녀
작 「알렉시스 또는 헛된 전투 *Alexis ou le Traité du vain combat*」에 이
어 「최후의 일격 *Le Coup de Grâce*」 「하드리아누스 황제의 회상
Mémoires d'Hadrien」으로 일약 문명을 얻었다. 그의 작품은 가치체계
가 붕괴되는 격동의 시대를 배경으로 하고 있으며, 역사소설의 체제 속
에서 인간의 전체성을 파헤친다. 1980년에는 여성작가 최초로 아카데미
프랑세즈 회원이 되었다.

51) Mouvement de Libération des Femmes.

52) Michel Houellebecq, 1958~ . 프랑스의 주목받는 시인이자 소설가. 시
집으로 『살아남기 *Rester vivant*』(1991), 『행복 추구 *La Poursuite du
bonheur*』(1992), 『전투의 감각 *Le Sens du combat*』(1996), 『부활 *Renai-
ssance*』(1999)이 있으며, 소설로는 「투쟁 영역의 확장 *L'Extension du
domaine de la lutte*」(1994), 「소립자 *Les Particules élémentaires*」
(1998), 「플랫폼 *La Plateforme*」(2001)이 있다.

53) Raymond Carver, 1938~1988. 미국 소설가. 가난한 노동자의 아들로서
일찍 결혼하여 이른 나이에 아버지가 된 탓에, 일과 학업을 병행해야 하
는 어려움을 겪었다. 1976년 소설집 『제발 조용히 좀 해요』로 첫 성공을
거두었고, 『사랑을 말할 때 우리가 이야기하는 것』(1981), 『대성당』
(1983) 등의 소설집으로 단편소설의 명장으로 명성을 쌓았다. 일상생활
에 대한 극사실적 묘사와 설명을 배제하는 소설 기법으로 미니멀리즘
계열의 작가로 인정받고 있으며, 불가피한 결말을 암시하면서도 결코
명확한 결론을 내리지 않는 작품들은 그의 탁월한 재능을 입증해준다.
말년에 엄청난 성공을 거두기까지, 헤어날 수 없었던 가난과 알코올 중
독 때문에 주로 가난한 노동자들과 가까이 지내야 했고, 그들의 일상적

인 삶은 그의 소설세계의 근간을 이루었다.

54) Hélène Cixous, 1937~ . 알제리 태생의 작가이자 페미니스트. 식수스
라고 불리기도 한다. 1972년 논문 「제임스 조이스의 망명, 혹은 대체의
기술 *L'Exil de James Joyce ou l'art du remplacement*」로 박사학위를 받
았다. 토도로프, 주네트와 함께 문학지 『시학 *Poétique*』 창간(1969)에
참여했고, 1968년의 시민봉기를 계기로 전통적인 대학 제도를 개선하기
위한 실험적 성격의 파리 8대학 설립에 앞장섰다. 1974년에는 유럽에서
는 처음으로 여성연구센터를 이 대학에 세웠고 지속적으로 연구를 이끌
어왔다. 1969년부터 본격적으로 작가활동을 시작하여, 소설 「안 *Dedans*」
(1969)으로 메디치 상을 수상했다. 그녀는 마르크스와 프로이트의 영향
을 받아 전통적인 권력구조와 성의 경제적 논리에 대해 문제를 제기함
으로써, 뤼스 이리가라이, 줄리아 크리스테바 등과 나란히 구조주의와
특히 후기 구조주의를 바탕으로 하는 제2기 페미니즘을 이끈 인물로 인
정받고 있다. 그녀는 40여 편에 달하는 허구 작품과 15여 편의 극작품
외에도 여러 권의 비평 에세이를 발표했다. 그녀에 따르면, 육체를 무의
식의 언어로 규정하고 본질적인 것은 새로운 여성적 글쓰기의 출현이므
로 그녀에게 허구 작품은 여성 연구와 분리되지 않으며, 그녀의 모든 활
동은 자유로운 글쓰기와 여성의 해방을 위한 변론에 바쳐졌다 해도 과
언이 아니다. 1985년 이래 출판사 태양극단(Le Théâtre du Soleil)과 연
계되어 「캄보디아 왕 노로돔 시아누크의 끝나지 않은 끔찍한 이야기
*L'Histoire terrible mais inachevée de Norodom Sihanouk, roi du
Cambodge*」(1985), 「랭디아드 혹은 그들 꿈의 인도 *L'Indiade ou L'Inde
de leurs rêves*」(1987), 「방파제 위의 북 *Tambours sur la digue*」(1998)
등 많은 극작품을 발표했을 뿐만 아니라, 최근 「루앙에서의 5월 셋쨋날
밤 *Rouen, la troisième nuit de mai*」(2001), 「맨해튼 *Manhattan*」(2002)
에 이르기까지 소설 또한 왕성하게 발표하고 있다.

55) Rétif de la Bretonne, 1734~1806. 백여 권이 넘는 작품을 남긴 프랑스
의 소설가이자 에세이스트. 그 시대 민중들의 삶을 묘사한, 사회학자적
면모를 잘 보여주는 작품들이 주를 이룬다. 성적 자유를 주장한 그는 사

드와 경쟁하는 관계였으며, 매춘 문제에서부터 프랑스어 철자법에 이르
기까지 모든 분야에 걸쳐 개혁을 부르짖은 사상가였다. 소설로는 「타락
한 농부 혹은 도시의 위험 *Le Paysan perverti ou les Dangers de la ville*」
등이 있으며, 자전적 이야기 「내 아버지의 생애 *La Vie de mon père*」도
주목할 만하다. 방대한 규모의 자서전 「니콜라 씨 혹은 폭로된 인간의
가슴 *Monsieur Nicolas ou le Cœur humain*」은 그 시대를 매우 앞서가
는 정신의 소유자로서의 작가가 정신적, 심리적 움직임에 대한 섬세한
관찰을 행함을 보여준다.

56) 파리 중심에서 시테 섬과 함께 센 강을 가르는 작은 섬.

57) 프랑스어의 복합과거시제는 과거에 일어난 사실의 결과나 여파가 현재
까지 미칠 때 사용되는 시제로서, 주로 일상생활에서 사용된다. 반면 단
순과거는 과거의 사건을 발생 시점에 국한하여 기록하는 역사 기술 시
제로서 소설의 서사 시제로 주로 사용된다.

58) 접속법은 주절의 동사 성격에 따라 희망, 기쁨, 슬픔, 노여움, 안타까움,
상상이나 가정적 사실, 주관적 판단 등의 섬세한 심리적 움직임의 내용
을 표현하기 위해 종속절에서 사용되는 동사 활용방법이다. 그 동사 변
화가 복잡하기 때문에 현대 프랑스어에서는 주절이 과거시제일 때 종속
절에서 접속법 반과거나 대과거를 사용하는 시제일치 원칙을 지양하고,
종속절이 주절과 동시성을 띠는지 선행하는지에 따라 접속법 현재와 복
합과거만을 쓰기로 시제일치의 원칙을 단순화시켰다. 이제 접속법 반과
거는 전설적인 시제가 되었다 해도 과언이 아니다.

죽음의 공포와 삶의 욕망 사이에서
태어난 글쓰기

아니 에르노는 자신의 삶을 글쓰기의 소재로 삼는 데 아주 적극적인 태도를 보이는 소설가로, 그리고 무엇보다 사회적 영역과 개인적 영역 사이의 경계를 허물어버린 작가로 잘 알려져 있다. 그녀는 말로 표현하기에는 지극히 조심스런 자신의 성생활과 감정들을 미화나 은폐를 위한 어떤 허구적 장치도 동원하지 않고 노골적으로 드러냄으로써 자신의 내밀한 사생활을 백일하에, 대중의 시선 앞에 드러내는 데 주저하지 않는다. 그처럼 대담한 글쓰기는 편협한 부르주아 도덕관을 내세우는 평론가들의 비난을 받기도 했고, 거기에는 모욕적인, 어쩌면 문제의 작가가 여성이기 때문에 더욱 가혹하고 야비한 조롱마저 섞

이곤 했다. 그러나 그녀의 직설적인 고백은 단순히 그러한 야유를 선동하기 위해 반항적이고 일탈적인 외설과 폭로를 일삼는 악취미가 결코 아니다. 그녀가『단순한 열정』어디선가 되뇌고 있듯, 자신이 겪은 일을 글로 쓰는 것을 '노출증'적 증세 정도로 치부하는 것은 잘못된 태도이다. 그녀의 말마따나 노출증이 "같은 시간대에 남들에게 자신을 드러내 보이고 싶어하는 병적인 욕망"일 뿐이라면, 그녀의 글쓰기는 체험의 순간들로부터 시간의 간격을 두고 오랜 숙고를 거친 끝에 선택된 요소들을 계획된 틀 속에 배열하고 그녀만의 독특한 문체로 적어가는 의도적인 창작과정인 것이다. 이러한 작업은 자기 객관화를 통한, 자신에 대한 세심한 관찰 이상의 예리하고도 냉정한 임상적 해부를 필요로 한다. 전통적 소설 형태와 은유의 거부, 거리 두기, 정밀하고도 간결한 문체, 평면적 글쓰기, 미니멀리즘…… 언뜻 듣기에는 2차 대전 이후 현재에 이르기까지의 프랑스 소설의 한 흐름을 정리할 때 흔히 사용하는 단어들이 그녀의 글쓰기를 특징짓는 듯하다. 그러나 그녀의 글쓰기는 그것들을 넘어서서 자신만의 독특함을 지니고 있다.

그렇다면 무엇이 아니 에르노만의 색깔을 결정짓는 것일까? 그녀는 왜 그러한 글쓰기 형태를 추구한 것일까? 바로 이러한 의문점들을 해소하기 위한 일련의 질문과 대답이 한 권의 책으로 엮여『칼 같은 글쓰기』가 되었다. 이 책은 프레데리크 이브 자네에 의해 기획된 아니 에르노와의 대화이다. 여기서 그는 그 자신이 그녀와는 전혀 다른 입장에서 자전적 글쓰기 탐구에 깊은 관심을 보이는 작가이면서도, 대화가 진행되는 동안 자신의 입장을 결코 대화 표면에 드러내지 않는 조금은 예외적인 태도를 견지한다. 이러한 태도는 절제를 요구하는 것이기에 지키기 쉽지는 않았을 게다. 그는 글쓰기에 관한 자신의 선입견을 가급적 배제하고 오직 그녀가 삼십여 년 가까이 밟아온 글쓰기의 궤적을 추적하기 위해 단계별로 질문을 던지며 용의주도하게 대화를 이끌어갈 뿐이다. 그러나 그가 이 책의 서문에서 밝히듯, 그들의 대화를 질문과 대답이라 표현하는 것은 그리 적절하지 않은 듯하다. 그들의 대화는 그녀의 글쓰기를 중심에 놓고 한편에서 질문을 던지면, 대서양 건너 다른 편에서는 그것에 대답하기 위해 스스로에게 물어보는 질문과 질문의 연속이다. 이메일이라는 일상적인 매체의 특성에 따라 조탁과정을 거치지 않은 그녀의 문체는 분방하기 그지없다. 그러나 작가로서 자신의 도정을 되밟는 그녀의 태도는 매우 조심스럽고 신중하기만 하다.

이 대화에서 그녀가 선택한 입장은 명백히 신화의 거부이
다. 무엇이 그녀를 작가로 만들었는지, 그녀 내면의 어떤 힘이
그녀를 그러한 형태의 글쓰기로 이끌었는지에 대해 한 편의
상상적 시나리오를 쓰는 것에 그녀는 거북함을 느낀다. 오직
현실의 차원에서 검증되고 접근될 수 있는 것만을 그녀 특유
의 직설적 화법으로, 감정에 동요됨 없이 전달하려는 것이다.
그녀에게 글쓰기는 무엇보다 극도로 의식적인 창작 작업이
다. 몇몇 기억 조각들에 상상력의 시멘트를 발라 현실을 떠난
어떤 시나리오를 엮는 것은 그녀의 관점에서는, 소설가들이
흔히 하는 말처럼, '사기'라고 할 수 있을지도 모른다. 바로
허구(fiction)라는 장르가 그러하듯 말이다. 어쨌든 그녀는 이
대화에서 무엇보다 정확성을 기하기 위해 최선을 다했다. 이
책이 독자들에게서 공감을 끌어낼 수 있는 힘은 먼저, 이 대화
에 임하는 작가 아니 에르노의 성실성에 있는 것 같다.

달리 말하자면, 이 대화의 주된 관심사는 그녀의 상상계를
추적하는 것이 아니라, 그녀가 다듬어온 글쓰기 형태의 윤곽
을 그 배경을 그림으로써 확인하는 데 있다. 옮긴이가 독자들
의 이해를 돕기 위해 그녀가 섭렵한 매우 다양한 작가들에 대
한 소개를 간략하게 이 책의 말미에 덧붙인 것도 이 때문이다.

중요한 것은 사회, 역사와 문학 사이에 밀접한 관계가 있다는 확신과 극좌적 정치 입장에서 추구한 그녀의 리얼리즘이 문학을 결코 노골적인 참여의 수단으로 전락시키지 않았다는 점이다. 그녀에게 문학은 여타 영역들에 대해 확고한 우위를 차지한다. 이것은 특히 누보로망이 그녀에게 미친 영향의 귀결이라 할 수 있을 것 같다. 그리고 기존의 소설 형태를 거부하고 어느 누구도 시도하지 않은 자기만의 글쓰기 혁신을 이룩해야 한다는 누보로망의 조언에 힘입어, 그녀는 다른 모든 작가들뿐만 아니라 누보로망까지도 극복하는 것을 자연스럽게 목표로 설정하게 되었다.

그녀가 다른 자전적 글쓰기와는 구분되는 아주 독특한 자전적 글쓰기에 성공하고, 누보로망의 영향을 받았으면서도 결코 그 계열의 아류에 속하지 않게 한 것은 그녀의 정치적 입장이 글쓰기 전략을 세우는 데 중요한 역할을 했기 때문이다. 노동자 가족 출신이라는 사회적 계층성분부터 욕망하는 육체를 지닌 한 여성으로서의 신분에 이르기까지, 자신의 역사와 현실을 배반하거나 잊어버리기에는 자신의 실존적 조건들에 대한 그녀의 의식이 너무도 강렬하다. 어떤 의미에서는 바로 그러한 정치적 현실인식이 현실을 가공 없이 드러내는 은유 없는,

건조한 글쓰기 전략을 이해하는 열쇠라 해도 과언이 아닐 듯싶다. 초현실주의가 그녀에게 미친 영향도 마찬가지로 설명할 수 있다. 그녀는 무의식과 자동기술의 측면은 차치하고, 욕망에 가장 충실함으로써 '삶의 혁명을 통한 현실의 혁명'을 쟁취하자는 구호를 적극 수용했다. 좌파 페미니즘 운동에 가담한 것이나 개인적으로 열렬하고 적극적인 삶을 영위한 것, 그리고 내면의 깊이에 대한 일체의 관심을 접고 평면적 글쓰기 전략으로 나아간 것 모두 그러한 선택의 귀결로 볼 수 있다.

그러나 그녀의 글쓰기 체험이 결코 그러한 정치 사회적 조건들만으로 결정된 것은 아니라는 사실은 자명하다. 그녀는 글쓰기의 체험 속에 비실제적인 무언가가 존재한다는 사실을 결코 부정하지 않는다. 다만 그 부분을 섣불리 떠올리기를 거부할 뿐이다. 그것은 그녀 내면의 가장 은밀한 곳에 위치한 '암흑지대'에 뿌리내리고 있는 것으로, 전혀 다른 방식으로 접근되어야 할 성질을 띤다는 이유에서이다. 이는 정신분석에 대한 그녀의 신중한 태도와도 관련이 있는 듯하다. 그것은 고립된 채 떠오르는 불과 몇 개의 기억 조각들을 재구성한 다음, 마치 그 결과물이 진실을 재현하는 양 호도하는 것을 경계하고자 함이다. 정당한 정신분석의 틀을 벗어나 홀로 빠져드는 감정적 반추 행위는 자기 투사라는 닫힌 순환논리의 고리 속을 맴돌 뿐, 거기에는 환상적 허구세계를 짓는 것 외에는 어떤 가능한 출구도 있을 수 없다. 물론 거기에 인간적 진실이 내재해 있는 것은 분명한 사실이지만, 그것을 온전히 그녀의 진실로 되돌릴 수는 없는 노릇이다. 그렇듯, 자신이 겪은 삶의 한 국면을 어떤 비틂의 과정도 거치지 않고 문학 텍스트로 제작하는 것에는 어떤 위험부담이 따를 수밖에 없다. 즉 그녀가 자신의 내밀한 삶을 솔직하게 노출시키는 것은, 독자들이 성급한 판단을 유보하고 그 속에서 각자 자신의 모습을 들여다볼 것이라는 신뢰가 없이는 매우 부담스러운 작업이 될 수 있다.

이러한 관점에서 볼 때, 그녀의 간략하고 건조한 평면적 글쓰기는 어떤 상황에 처한 자신의 상태를 해부하고 오직 그 핵심적인 정수만을 텍스트에 남기겠다는 글쓰기 계획의 필연적인 선택이라고도 할 수 있을 것이다. 말하자면 그녀는 텍스트에 묻어 있을, 내면적 깊이를 떠올릴 수 있는 모든 은유적 표현들을 삭제함으로써 순수 개인으로서의 자신을 지워버리는 것이다. 그러한 작업 끝에 남는 텍스트 속의 '나'가 그녀 "개인의 바깥에 존재하는, 타인들에 의해 전적으로 동화될 수 있는"(「자신의 삶을 쓰고 자신의 글쓰기를 살기」) 무엇으로 화

학변화를 일으킬 수 있도록 말이다. 삭제하기를 통해서만 완성될 수 있는 이 역설적인 글쓰기야말로 창작의 장에서 오직 작가 에르노만이 살고 개인 아니(Annie)는 소멸되는 것을 가능케 하지 않을까. 『집착』을 시작하는 첫줄에서 그녀는 이렇게 썼다. "나는 늘 내가 쓴 글이 출간될 때쯤이면 내가 이 세상에 존재하지 않을 것처럼 글을 쓰고 싶어했다. 나는 죽고, 더 이상 심판할 사람이 없기라도 할 것처럼 글쓰기. 진실이란 죽음과 연관되어서만 생겨난다고 믿는 것이 어쩌면 환상에 불과할지라도."

매번 자신의 죽음을 담보로 함으로써 작가로서의 삶을 영위할 수 있는 그 고통스런 글쓰기의 욕망은 도대체 어디에 뿌리를 내리고 있을까? 그녀는 이 책에서 그것을 명백하게 밝히기를 거부하고 있다. 그러나 그녀는 어렴풋한, 어쩌면 확신에 가까운 무엇을 홀로 예감하고 있는지도 모른다. 그녀는 이 책의 서문에서 매우 의미심장한 추억을 떠올리고 있다. 릴본에서 살던 어린 시절, 미군 캠프에서 부모와 함께 보았던 무대 공연의 한 장면이 그녀의 뇌리 깊숙한 곳에 새겨놓은 그 추억 말이다. 나무 상자에 갇힌 채 여러 개의 긴 칼로 관통되고도 살아남은 한 여자의 에피소드는 그녀의 마음속에서 여전히 죽음의 공포와 삶의 수수께끼로 남아 있다. 이 추억 하나가 그녀의 비밀을 풀어줄 무슨 대단한 실마리를 제공해준다고 믿는 것은 물론 아니다. 다만, 영원히 생생한 현장성을 띠며 지워지지 않을 이 추억의 장면이 그녀에게 한없이 불러일으키는 공포의 감각은, 그 여자와 동일시된 그녀 자신의 내면 깊숙한 암흑 속에서, 반복적으로 해소되기를 요구할지도 모른다는 사실에 주목했을 따름이다. 그리고 어쩌면 그녀는 그녀가 쉽사리 표명하지 못하는, 글쓰기의 또다른 동기를 암시하기 위해 서문에, 이 책의 여백에, 이 추억을 수수께끼처럼 새겨넣었을지도 모른다는 생각을 해봤을 따름이다. 대중적인 장에 자신을 올려놓고 해부하고 싶은 반복적인 욕구, 죽음의 공포와 삶의 욕망 사이의 격렬한 부딪침, 이 모든 것들을 말로써 제어해야 할 필요성…… 혹시 이 추억이, 고도의 정밀함으로 베는 듯한, 철저한 자기제어만이 이룩할 수 있는 칼 같은 글쓰기의 근저에서 꿈틀거리는, 그녀 내면의 불안한 정서적 움직임을 암시하는 것은 아닐까.

2005년 가을

최애영

지은이 **아니 에르노**
1940년 출생. 1974년『빈 옷장』으로 등단했고 1984년『자리』로 르노도상을 수상했다.『단순한 열정』『탐닉』『집착』『칼 같은 글쓰기』 등을 발표했으며, 마르그리트 뒤라스 상과 프랑수아 모리아크 상 등을 수상했다. 2011년『삶을 쓰다』가 생존 작가로는 최초로 갈리마르 총서에 편입되었고, 2020년『카사노바 호텔』을 출간했다. 2022년 노벨문학상을 수상했다.

옮긴이 **최애영**
서울대학교 불어불문학과와 동대학원을 졸업하고, 파리 8대학에서 불문학 박사학위를 받았다. 저서로『Le Voyeur a l'ecoute』가 있으며,『문학텍스트의 정신분석』(공역)과『아프리카인』『꿈』『충격과 교감』『엿보는 자』『사랑에 빠진 악마』 등을 우리말로, 이인성의『낯선 시간 속으로』를 프랑스어로 옮겼다.

문학동네 세계문학
칼 같은 글쓰기

1판 1쇄 2005년 9월 30일 | 1판 2쇄 2022년 10월 21일

지은이 아니 에르노 | 옮긴이 최애영
책임편집 이수은 김지연 | 디자인 박정은 이원경 | 저작권 박지영 형소진 이영은 김하림
마케팅 정민호 이숙재 박치우 한민아 이민경 안남영 왕지경 김수현 정경주
브랜딩 함유지 함근아 김희숙 고보미 박민재 박진희 정승민
제작 강신은 김동욱 임현식 | 제작처 한영문화사(인쇄) 한영제책사(제본)

펴낸곳 (주)문학동네 | 펴낸이 김소영
출판등록 1993년 10월 22일 제2003-000045호
주소 10881 경기도 파주시 회동길 210
전자우편 editor@munhak.com | 대표전화 031) 955-8888 | 팩스 031) 955-8855
문의전화 031) 955-3578(마케팅) 031) 955-2686(편집)
문학동네카페 http://cafe.naver.com/mhdn
인스타그램 @munhakdongne | 트위터 @munhakdongne
북클럽문학동네 http://bookclubmunhak.com

ISBN 89-546-0044-1 03860

잘못된 책은 구입하신 서점에서 교환해드립니다.
기타 교환 문의 031) 955-2661, 3580

www.munhak.com